キリンの運びかた、教えます

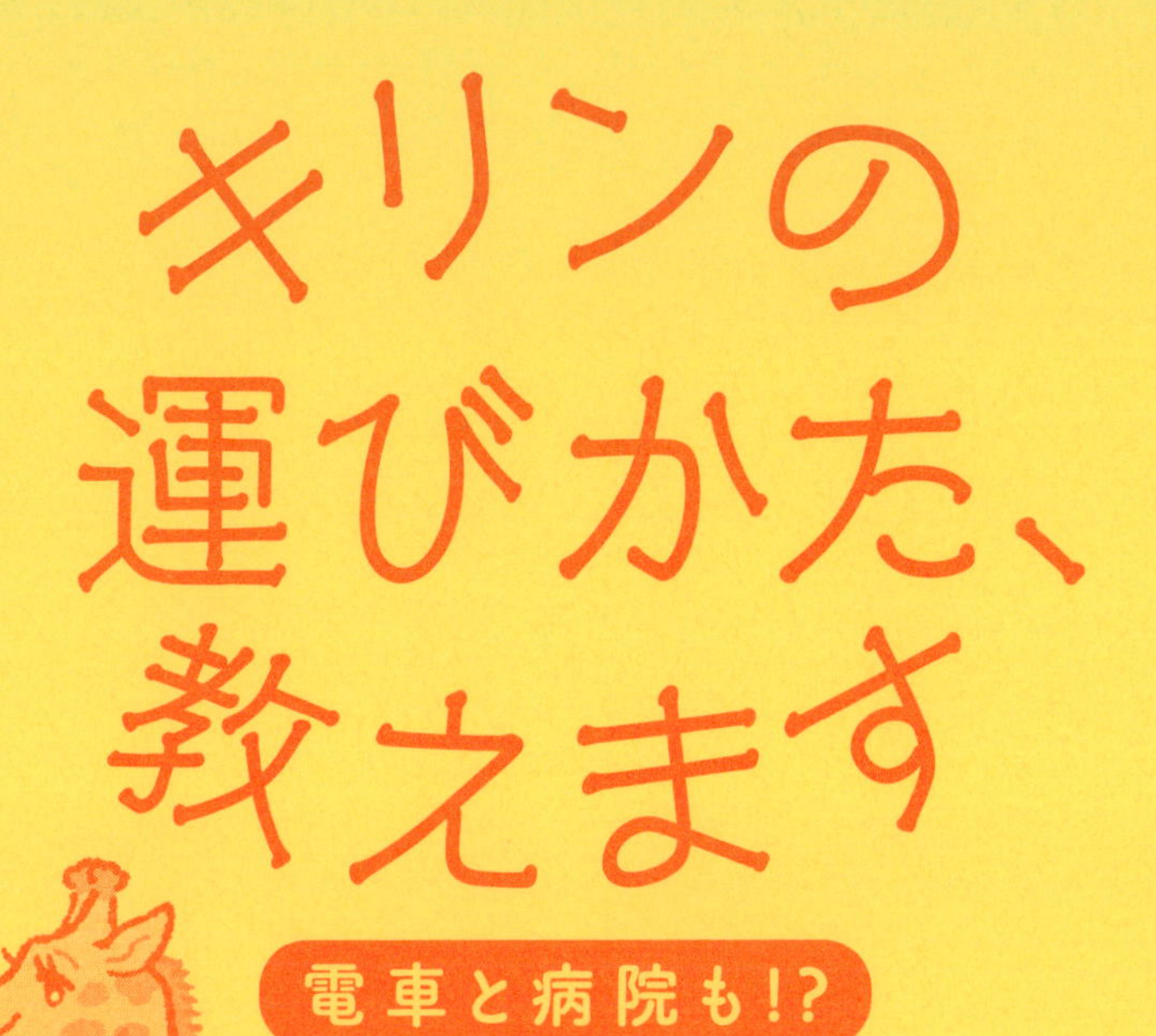

電車と病院も!?

岩貞るみこ 文
たら子 絵

講談社

キリンの運びかた、教えます

電車と病院も!?

キリンの運びかた、教えます

電車と病院も!?

もくじ

ケース1 キリンのリンゴを運べ!

ケース2 海をこえて、鉄道車両を運べ!

ケース 3

こども病院を運べ！

ケース

①

キリンのリンゴを運べ！

1 キリンの赤ちゃん

「うわ、生まれる！」

岩手県にある盛岡市動物公園。キリン飼育員のリーダーである鈴山が昼休みに見にいくと、キリンのユズがしっぽを上げ、おなかに力を入れて産もうとしていた。

鈴山は、あわててユズから見えないところにかくれた。人がいると、ユズが出産に集中できなくなるからだ。

自然のなかで動物たちは、人の手を借りずに出産する。動物園でも、キリンが落ちついて出産できるよう部屋のなかをととのえたら、できるだけ飼育員は手を出さないようにしている。

鈴山は、そうっとかくれながら、ユズのようすがわかるようにとりつけておいたビデオカメラのモニター画面を見つめた。

ユズのおしりのあたりから、みるみるうちに、赤ちゃんの前脚の先が出てくる。

キリンは背が高い。ユズのおしりは、地上から二メートルの高さだ。

赤ちゃんは、頭を下にしてぶらさがるように出てきた。からだがぜんぶ出たら二メートルの高さから落ちることになるけれど、床にはふかふかにワラがしきつめてあるし、頭は床のそばまできているのでけがはしない。

『がんばれ、ユズ！』

『あと、もう少し！』

鈴山の連絡をうけて集まってきた飼育員が、いっしょにモニター画面を見ながら、声をひそめて応援している。

ユズにとって、はじめての出産。

どうか、ぶじに生まれてほしい。

二時間後。

「生まれた！」

二〇一五年三月二十四日、キリンの赤ちゃんが生まれた。

母親のユズは、黄色というより白っぽい色のキリンだ。赤ちゃんキリンもユズに似て、色白のメスだった。

鈴山たちは、赤ちゃんキリンの動きをじっと見まもった。

キリンは、生まれてから一時間以内に立ちあがって、歩けるようになる。

いつまでも歩けないでいると、ライオンやヒョウに食べられてしまうからだ。

赤ちゃんキリンが、よろよろしながら立ちあがった。

「小さいなあ。」

鈴山がつぶやいた。

赤ちゃんキリンは、すでに背が一・六メートルくらいある。人間の大人くらいだ。それでも、ほかの赤ちゃんキリンにくらべると、ひとまわり小さかった。

「生きられるかな。」

鈴山の胸に、不安がよぎる。

キリンの赤ちゃんは、弱い。アフリカにいる野生のキリンでも、三か月以上、生きられるのは半分くらいだ。

小さな赤ちゃんなら、さらに生きていくのがむずかしい。

赤ちゃんキリンが、ユズのおなかのあたりに顔を近づけている。

「お乳を飲もうとしている。」

「生まれたばかりでも、お乳のあるところがわかるなんて、動物ってすごいね。」

モニター画面を見つめながら、飼育員たちがうなずきあっている。

ところがユズは、じっとしていたのはさいしょだけで、赤ちゃんキリンが顔を近づけるたびに、いやがるようにからだの向きを変えてしまう。

「ユズ、じっとして。」

「赤ちゃん、がんばって。」

飼育員たちがそういいながら見つめるけれど、生まれてから四時間たっても、赤ちゃんキリンはお乳を飲めないでいた。

「困ったな。」

「このままだと、死んでしまいますよ。」

「あと二時間、待とう。」

鈴山は、二時間だけ待つことにした。

できるだけ、人の手をかしたくない。

動物はもともと、こどもを産み、育てる本能があるのだ。ユズの本能がめばえてくるのを待ちたい。

ユズ、お乳をあげて。

飼育員たちは、祈るような思いでユズを見つめていた。

2 愛称は、リンゴ

「だめだな。ユズから赤ちゃんをはなそう。」

二時間、待ったけれど、ユズはお乳をあげなかった。

母娘がいる部屋にある電動のシャッターを使って、二頭をわける。

赤ちゃんキリンが見えなくなったユズは、赤ちゃんを探すように、部屋のなかをぐるぐると歩きまわっている。

「お乳をあげたら、すぐに会えるからね。」

飼育員が、ユズにやさしく声をかける。

鈴山は、粉ミルクになっている牛の初乳をお湯でといて哺乳瓶に入れた。ユズがお乳をあげないことを考えて、用意しておいたのだ。

初乳は、母乳でこどもを育てる哺乳動物が、出産後、さいしょに出すお乳のこと。病気になりにくくなる栄養がたっぷり入っている。

まだふらふらして、すぐにころんでしまいそうな赤ちゃんキリンのからだを、飼育員たちにささえてもらう。鈴山は、哺乳瓶を口元に近づけた。

けれど、赤ちゃんキリンは飲もうとしない。

しかたなく頭をおさえて、哺乳瓶の先をくわえさせ、お乳を少し口にふくませてみる。

それでも、飲みこもうとしなかった。

赤ちゃんキリンにむりをさせないよう休ませながら、数時間おきにいろいろためしてみる。

初乳と牛乳をまぜてみたり、のどをさすったり。のどに管を入れて、お乳をそのまま胃に流しこもうとしたけれどだめだった。

生まれて五日がたった。

そのあいだ、赤ちゃんキリンが飲んだのは、口にふくんだだけの、ほんのわずかな量だけ。これでは少なすぎる。それに、自分からお乳を吸うように飲まなければ、飲んだとはいえないのだ。

もう、だめかもしれない。

鈴山は、獣医師と相談をして、さいごの手段に出た。

お乳を飲まないのは、胃や腸がうまく動いていないせいかもしれない。だったら動くように注射をしてみようということになったのだ。

ただ、生まれたばかりの赤ちゃんに薬を使えば、なにが起こるかわからない。それが原因で、死んでしまうかもしれない。

でも、もう迷っている時間はなかった。鈴山は、決心した。

注射をした、次の日の朝。鈴山が、哺乳瓶を近づけてみる。

すると赤ちゃんキリンは、すぐに口でくわえ、いきおいよく飲みはじめたのだ。

「飲んだ!」

まわりで見ていた飼育員たちが笑顔になった。

哺乳瓶のお乳を飲みほした赤ちゃんキリンは、大きな目を動かして、『もっとない
の？』と、鈴山を見つめてくる。

「いい子だ。生きろよ。」

うれしくて泣きそうになるのをこらえ、鈴山は、赤ちゃんキリンの首をそっとなでた。

赤ちゃんキリンは、飼育員の手で育てることになった。
もともと弱いキリンの赤ちゃん。そのうえ、ひとまわりも小さい。
さらに、母親キリンの初乳ではなく、粉ミルクの牛の初乳しか飲めていない。
ちゃんと生きられるのだろうか。
キリンに限らず人が育てた動物は、もうだいじょうぶと思っていても、とつぜん、死ん
でしまうことがある。
毎日、毎日が、綱わたりのようだ。
鈴山は、東京にある多摩動物公園に連絡をした。

多摩動物公園は、二〇一一年にキリンの人工哺育に成功していた。どうやって育てていたのか教えてもらう。

おなじようにやってみる。

さいしょの目標は、一週間。次は、一か月だ。

生まれてから一か月生きることができたら、赤ちゃんキリンがこれからも生きつづけられる可能性がとても高くなる。

鈴山たちは、たいせつに、たいせつに赤ちゃんキリンを育てていった。

鈴山たちの心配をよそに、赤ちゃんキリンは、すくすくと成長していった。

そして、四月二十四日。生まれてから一か月。

「おはよう！」

飼育員たちの声が、はずんでいる。

いつ、死んでしまうかわからないから、今日までずっと、赤ちゃんキリンが生まれたことは盛岡市動物公園ではたらく人以外に、いえなかったのだ。

でも、一か月たった。もう、まわりの人に『生まれたよ！』といっていい。

岩手の人たちの公募で、北国の名産品でもある「リンゴ」に
愛称が決まった赤ちゃんキリン。

「キリンの赤ちゃんが、生まれたよ。」

「とってもかわいい、女の子だよ。」

「みんな、会いにきて！」

たくさんの人に、かわいがってもらいたい。

飼育員たちは、愛称を募集することにした。

「赤ちゃんキリンに、愛称をつけてください！」

園内においてある専用の応募用紙で集まった愛称は、千八百五十通。

そのなかで、いちばん多かったのは、〝リンゴ〟だった。

父親のリンタの〝リン〟。そして、母親のユズも、果物の名前だ。

「リンゴ、いいね。」

「かわいい。」

「リンゴにしよう。」

「それに、いつかお嫁にいったときに、果物のりんごが名産の北国、盛岡からきたキリンだって、思いだしてもらえるよね。」

そう。

赤ちゃんキリンは生まれたときから、ほかの動物園にお嫁にいくことがほぼ決まっていた。

アフリカのキリンは、住んでいるところの食べ物がへったり、密猟されたりして、とても少なくなっていた。これ以上、アフリカからキリンをつれだしたら、地球上のキリンがいなくなってしまうかもしれない。

二〇一六年に、国際自然保護連合は、キリンを絶滅危惧Ⅱ類に指定した。

いま、日本の動物園では、アフリカからキリンをつれてくるのではなく、おたがいに協力しあって日本にいるキリンをペアにして、赤ちゃんを産んでもらうようにしている。

③ リンゴのお嫁入り、決まる

盛岡市動物公園のキリン舎の建物の外には、ひろい運動場がある。

高い木があり、なだらかな丘があり、運動場というより、緑ゆたかな公園のようだ。シマウマとダチョウもいっしょに運動できるようになっている。
もともと盛岡市動物公園は、小高い山のなかにあるため、運動場のまわりにも緑がたくさんあり、鳥の声もきこえてくる。

リンゴは、どんどん成長していった。二か月たつと、木の葉を食べられるようになった。

背も、あっという間に二メートルをこえた。

運動場を歩きまわり、おとずれる人たちを笑顔にしている。

人の手で育てたせいか、リンゴはとても人なつっこい性格だった。

キリン舎で、飼育員が一日三回のミルクの準備や、食事のしたくをしていると、近づいてのぞきこんでくる。

柵に顔をおしつけてきたり、くりっとした大きな目で、じっと見つめてきたり。

とてもかわいらしい。

きびしい寒さの盛岡の冬もぶじにすごし、三月には、一歳の誕生日をむかえた。

秋になり、一歳半になると、背は三メートルまでのびた。飼育員たちも、見あげるほどだ。

そんな、ある日のこと。

「えっ、もう決まったんですか?」

鈴山が声をあげた。リンゴがお嫁にいくところが決まったというのだ。

「どこですか?」

「上野動物園。ヒナタのお嫁さんだ。」

リンゴが、新しい家族を作るのはうれしい。しかも、岩手県よりもあたたかいところにある、東京の上野動物園だ。

日本でさいしょにできた上野動物園には、一年をとおして、たくさんのお客さんがくる。リンゴもきっと、おおぜいの人に愛されるだろう。

だけど、あまりにも早かった。まだ、二歳にもなっていないのだ。

大きな目で、鈴山を見つめてくるリンゴの顔が目に浮かぶ。

もっと、そばにおいておきたい。それに、もっと盛岡の人たちに見てもらいたい。

けれど、そうはいっていられなかった。

六歳になる母親のユズの背は、四メートルをこえている。七歳のオスのリンタは、五メートルだ。

そんなに背の高い動物をトラックにつんだら、トンネルでつかえたり、踏切で電線にふれたりしてしまう。日本の法律では、多くの道路で高さが三・八メートル以上あるトラックは、走らせてはいけないことになっていた。

キリンは、背が低いこどものうちのほうが安全に運べる。それに、新しい動物園での生活にもなじみやすいのだ。

盛岡市動物公園の鈴山のところに、女性の声で電話がかかってきた。

「上野動物園の、矢部です。」

引っ越しを担当する係の係長だ。

さっそく、引っ越しの日にちを決めていく。

「動物の引っ越しは、冬は寒いし夏は暑くて動物が弱ります。上野動物園では、いつも春か秋におこなっていますが、今回も、春ということでいいでしょうか。」

「はい。ただ、盛岡は春休みのころはまだ寒くて雪もありますから、そのあとのほうが、いいと思います。」

「わかりました。春休みもゴールデンウィークも、お客さんがふえて、おたがいに忙しくなりますから、そのあいだの四月がよさそうですね。」

四月。あと、数か月しかない。

リンゴは、ユズとはなれて、だいじょうぶなのだろうか。

でも、がんばってもらうしかない。

「四月にしましょう。できれば、ここから出すのは、盛岡市動物公園の休みの日にお願いしたいんです。休園日は、水曜日なのですが。」

「そうですか。上野動物園の休園日は、月曜日なので、月曜につくようにしたいと思っていたのですが、でも、そちらのご都合にあわせます。」

「ありがとうございます。」

盛岡市動物公園から上野動物園は、五百キロメートル以上はなれている。朝、出発しても、到着するのは夜になってしまう。

話しあった結果、四月十二日、水曜日の夕方に盛岡市動物公園を出て、道がすいている夜のうちにゆっくり走り、翌日の木曜日の朝、上野動物園につくことになった。

二月になった。上野動物園から飼育員といっしょに、引っ越し係の伊藤がリンゴのもとにやってきた。

リンゴが、どんなところで、どのように飼育されているのか調べるためだ。

どんな餌を食べているのか。

キリン舎の建物のなかはどうか。

運動場はどんな感じで、何時にどのくらい運動させているのか。

新しい場所になれるまでは、生活のリズムや食べるものはできるだけ変えない。リンゴが困らないようにするためだ。

「やはり、冬は寒いですね。わたし、前にいちどきたことがあるんですが、そのときは夏だったので。」

あたりにつもっている雪を見ながら、伊藤が、鈴山に話しかける。

「秋田県にくらべると少ないんですが、この岩手県の盛岡市でも年に数回は、ドカ雪になりますね。だから、冬のあいだはずっと休園にするんです。」

「寒くても、キリンは元気ですか？」

「はい。夜は、室内を暖房していますし、寒さには、けっこう強いんです。」

「この運動場に雪がつもったら、どうするんですか？」

伊藤が、上野動物園よりも何倍もひろい運動場を見わたしてたずねる。

「キリン用に一部だけしきりをして、そのなかを雪かきですよ。」

そりゃもう、たいへんなんですと苦笑いしながら、鈴山がこたえた。

くもりや雪の日でも、日光は雲を通ってふりそそいでくる。日光をあびると、動物たちの体調がとてもよくなるのだ。

とはいえ、雪ですべってころんだら、けがをする。とくに、細身で背の高いキリンがけがをすると、そのまま死んでしまうこともある。

キリンたちがけがをせずに運動できるのなら、雪かきのたいへんさなど、たいしたことではないのだ。

そのとき鈴山は、伊藤がちらちらと、ユズを見ていることに気がついた。

「白いでしょ?」

さいしょは、ユズの白さが気になるのかと思ってきいてみた。

けれど伊藤は、うれしそうに笑ってこたえた。

「わたし、ユズの担当をしていたんです。」

ユズも二年前に、この盛岡市動物公園にお嫁にきたのだった。それまでは東京の多摩動物公園にいて、そのとき多摩動物公園にいた伊藤が担当をしていたのである。

「え? じゃあ、以前ここにきたということは?」

「はい、こっそり会いにきたんです。」

「そうだったんですか。」

「ユズは、ほっそりとしたキリンなので、ちゃんとお母さんになれるか心配していました。」

「はい、いい子を産んでくれました。」

「リンゴ、元気な子ですね。お父さんのリンタに似て、しっかりしたからだつきですね。」

「もっと、ユズのそばにいっていいですよ。」

鈴山がうながしたけれど、伊藤は首を横にふる。

「いえ、いいんです。キリンは、人のことは忘れてしまうので、知らないわたしがそばにいくと、不安になりますから。」

鈴山は、うなずいた。

「鈴山さん。ユズが、多摩動物公園から運ばれるときは、大あばれしたんです。キリン輸送箱に入れてふたをしめたとたん、ばーん、ばーん！　と、箱をけりまくって。もう、脚が折れてしまうのではないかと、見ているほうが泣きそうになりました。」

引っ越すとき、キリン輸送箱のなかで、キリンがあばれることがある。

けがするのではないか。とくに、クレーン車でつりあげたときにあばれたら、キリン輸送箱が大きくゆれて、クレーン車ごとたおれてしまうのではないかと、飼育員たちは生きた心地がしない。

それにキリンは、心配なことがあるとすぐに弱ってしまう。

食事をしなくなり、あっという間に死んでしまうときだってある。

引っ越しは、キリンの命を左右するたいへんな作業だ。だから、キリンが落ちついて移動できるよう、前もってさまざまな準備をすることは、とてもたいせつなのである。

「リンゴがぶじに運ばれるよう、訓練もしっかりやりますよ。」

「はい。よろしくお願いします。」

伊藤は、にっこり笑って頭を下げた。

4 引っ越しのための訓練

三月になると、リンゴの訓練がはじまった。

さいしょの訓練は、ユズからはなすことだ。

いつもいっしょにいる、仲のいい母娘。キリン舎のなかにある、二頭が生活している部屋を、シャッターでわけるのだ。

飼育員が、葉っぱのついた枝を持って柵の外に立つ。もうひとりが反対側に立った。ユズとリンゴがそれぞれの飼育員に近づき、二頭がはなれたところでシャッターのスイッチが入れられた。

キリン舎の六メートル以上ある高い天井から、ゆっくりとシャッターがおりてくる。

ユズもリンゴも、なにが起きているのかわからず、不安そうな顔をしている。

一分ほどかけてシャッターが床までおりると、おたがいの姿はまったく見えなくなった。

リンゴは、部屋のなかをぐるぐると早足で歩きはじめる。

耳は後ろに、ぺたーっとはりついて、不安な気もちをあらわしている。

「だいじょうぶ、だいじょうぶだからね。」

柵の外から飼育員が、やさしく声をかける。

毎日、こうしてシャッターで二頭をわけて、母娘をはなす訓練がくりかえされた。

二〇一七年三月二十四日。リンゴは二歳の誕生日をむかえた。

その数日後、東京から、高さが三メートルもあるキリン輸送箱が運ばれてきた。

すでに、背が三・五メートルまで成長したリンゴより少し小さいけれど、木でできたキリン輸送箱は窓のようにあいているところがあり、リンゴが顔を出せるようになっている。

今日からは、このキリン輸送箱に入る訓練である。

キリン輸送箱はクレーン車でつりあげられ、キリン舎の建物の出入り口に、ぴったりとつけておろされた。

扉がひらいてリンゴが運動場にいこうとすると、そのままキリン輸送箱のなかに入るしくみだ。

キリン輸送箱をおく前に、木の板や角材をしいて、ゆれないように工夫がしてある。

リンゴがなかに入ったときにぐらりとゆれたら、『ここはこわいところ!』と、思って、もう入らなくなってしまうからだ。

「よし、いちどやってみるか。」

鈴山の声を合図に、建物の扉があけられた。

みんなが、リンゴを見つめる。

リンゴは、外に出られるものだと思って、そわそわしながら扉のそばに進んでいく。けれど、扉の先にあるキリン輸送箱を見つけて、ぴたっと歩くのをやめた。

『なに、これ？』

そんな、リンゴの声がきこえてきそうだ。

「リンゴ〜。」

キリン輸送箱の窓のむこうから、知っている声がする。

女性の飼育員が、リンゴの好きなヤナギの枝をふって呼んでいた。

でも、リンゴは用心している。いつまで待っても、キリン輸送箱のなかに進もうとしなかった。

「うーん、このようすだと何日か、かかるかもしれないな。」

鈴山が、つぶやく。あせっても、どうにもならない。リンゴにまかせるしかないのだ。

引っ越しの日まで、あと二週間。

まにあうだろうか。

そう心配したものの、その日の夕方ふと見るとリンゴはキリン輸送箱のなかに入っていた。

「入っている！」

「リンゴ。こわいものなしだね。」

リンゴは、窓になった部分から顔を出し、運動場を歩くシマウマやダチョウをながめていた。

翌日も、おなじ訓練がつづいた。

シャッターで、ユズとわける。扉があいて、キリン輸送箱が現れる。

リンゴは、前に歩きながら入り、おしりから後ずさりしながら出ていく。後ずさりしながら出るようすは、まだ、ずいぶん緊張しているようだ。

ところがあるとき、リンゴが長い首をくるりとまわしてふりむいたときに、からだが逆を向いた。キリン輸送箱のなかで、まわれ右ができたのだ。

『あれ、まわれる！』

そうわかったリンゴは、急に落ちつき、キリン輸送箱のなかを自由に行き来できるようになっていた。

訓練の三つめは、キリン輸送箱のなかにとじこめることだった。箱のなかで、じっとできなければ東京まで運べない。

リンゴはいま、自由に出られるから入るのだ。

後ろの扉をしめたらどうなるのだろうか。キリンは、『扉がしめられた！』と、わかったとたん、あわてて出ようとして、箱のなかで大あばれすることがある。

リンゴ、あばれないで。

飼育員たちが、心配そうに見まもるなか、そうっと建物の扉がしめられる。

リンゴが、ちらりと後ろをふりかえる。

出られないことが、わかった！　さあ、リンゴ、どうする？

飼育員が、身がまえる。

ところが。

『しめたんだ。ふーん。』

そんな表情で、前を向きなおす。リンゴのようすはまったく変わらなかった。

さすがリンゴ。はじめてのことも、見なれないものも、こわがらずになんでもやってみる。

そして、人間が大好き。
もしも、飼育員のことを信頼して、
『扉がしめられても、みんながいるからだいじょうぶ。』
そんなふうに、思ってくれているのだとしたらうれしい。

5 上野動物園の準備

そのころ、上野動物園でも、リンゴを受けいれる準備が進められていた。
東京にもどった伊藤たちは、盛岡市動物公園のキリン舎の部屋の床に砂がしかれていた
ことを伝え、おなじように部屋にも砂をしくことにした。
しくのは、ちょっととくべつな火山礫という赤い砂。
上野動物園の運動場にしいているのと、おなじものだ。
キリンの爪はのびても、人がかんたんに切ることができない。けれど、この赤い砂の上
をキリンが歩くと、うまいぐあいに爪がけずれるのだ。

餌も、盛岡市動物公園と、できるだけおなじものを手配する。

盛岡市動物公園では、ヤナギの葉やクワの葉、大麦や、りんごなどの果物のほか、乾燥させた草をかためたペレットをあたえていた。上野動物園でも、大麦以外は、ほとんど手に入れることができる。

ただ、キリンは味にうるさい。

ペレットのなかに入っている草の種類がちがうだけで、食べなくなることがあるのだ。

母親とわかれ、住む場所も新しくなる。見たことのない飼育員にかこまれ、まわりにいる動物たちの鳴き声も、においも景色も変わる。

リンゴにとっては、とまどうことばかりだ。

上野動物園にきたリンゴが、少しでもちゃんと食べられるよう、できるだけおなじ餌を手配していく。

リンゴの引っ越しに使う道具の手配は、送りだす側ではなく、ひきとるほうの動物園、つまり今回は、上野動物園がすることになっている。

担当するのは、引っ越し係の木岡。

木岡が手配したひとつが、リンゴがいま、なかに入る訓練をしているキリン輸送箱である。

キリン輸送箱は、なんでもいいわけではない。

キリンが、ちゃんと入れる大きさがあること。なかであばれても、こわれないこと。それがきちんと証明されて、東京都の許可をうけたキリン輸送箱でなければ、使ってはいけないことになっている。

上野動物園は、キリン輸送箱を持っていないため、おなじ東京都にある多摩動物公園のものを借りた。

つづいて、キリン輸送箱を運ぶ、トラックとドライバーの手配だ。これも、だれでもいいというわけではない。動物、とくにキリンのことをよく知っていて、背が高くてバランスがとりにくいキリン輸送箱を、上手に運んでくれる人でないとまかせるわけにはいかない。

むずかしい動物の引っ越しは、専門の会社がおこなっている。

今回は、ライノの竹内にたのむことにした。

竹内は、これまでに何頭ものキリンを運んでいる。いま上野動物園にいるオスのヒナタも、神奈川県の野毛山動物園から、竹内が運んできたのだ。

動物を運ぶだけでなく、東日本大震災のときは、被害のあった東北地方の動物園のために、なんども餌を運んだ。

飼育員とおなじくらい、いや、もしかしたらそれ以上に動物のことが好きで、動物にとってどうすればいちばんいいのかを、いつも考えながら仕事をするベテランである。

引っ越し係の木岡は、盛岡市動物公園から上野動物園までの道のりをたしかめた。

約五百三十キロメートル。盛岡市動物公園を出発したあと、すぐに東北自動車道にのり、宮城県、福島県、栃木県、群馬県、埼玉県と通り、さいごは東京都を走ることになる。

動物を運ぶときは、通るすべての都道府県の担当者に連絡しなければならない。

万が一、動物が逃げたときに、すぐに対応してもらえるようにするのだ。

「キリンとはいえ、逃げだしたらたいへんだからね。」

机の上で地図を広げる木岡に、係長の矢部が声をかける。

「前に、キリン輸送箱をこわしたキリンがいましたよね？」

地図から顔をあげて、木岡がたずねる。

となりで伊藤が、うなずきながら会話にくわわる。

「箱のなかにいるのがよほど、がまんができなかったらしく、首でばーん！　って。」

伊藤が、キリンの動きをまねて、キリン輸送箱の天井をやぶるように頭を動かした。

オトナのオスのキリンは、首の力が強い。もしも本気であばれたら、キリン輸送箱の天井などかんたんにこわしてしまうだろう。

「引っ越しは、動物にもストレスがかかるからね。命をあずかっているんだもの、しっかり準備をしましょう。」

「はい。」

係長の矢部の言葉に、木岡と伊藤が真剣な顔をしてうなずいた。

6 盛岡市動物公園、さいごの日

四月十二日、水曜日。リンゴが、盛岡市動物公園をはなれる日がきた。

四月だというのに盛岡では数日前に雪がふり、道路のわきにはまだ解けきらない雪が残っている。

雲のあいまから、太陽がときどき顔をのぞかせるものの、冷たい風のふく日だった。

さいごの夜をすごしたリンゴとユズは、キリン舎の部屋でずっとよりそっている。

毎日の訓練とおなじように、朝になるとシャッターがおろされて二頭がはなされた。

ユズが見えなくなったリンゴは、いつものように部屋のなかを走りまわる。

『お母さん、お母さん。』

そういいながら、探しているように見える。

だけどこのとき、もう二度とユズに会えなくなるとは思いもしなかっただろう。

昼近くになると東京から、ライノの竹内が運転するトラックがリンゴをむかえにやってきた。

キリン輸送箱をつりあげるための、クレーン車もきた。

リンゴが旅立つ準備が、ちゃくちゃくと進んでいく。

午後になった。

リンゴは、部屋のなかをゆっくりと歩いている。

リンゴが落ちついていることをたしかめて、キリン輸送箱につづく扉があけられた。

今日は訓練ではない。本番なのだ。

リンゴの目の前にキリン輸送箱が現れる。近づいてきたリンゴは、ふっと立ちどまった。

いつもなら窓のむこうの運動場に、シマウマやダチョウがいるのが見える。だけど、今日はだれもいない。

しーんと、静まりかえった運動場を見たリンゴは、その場から動こうとしない。

『キリン輸送箱に入らないかも？』

いっしゅん、飼育員が心配したけれど、リンゴは、そのあと決心したかのように前に進み、キリン輸送箱のなかに入っていった。

キリン輸送箱の窓の外では、高さのある脚立の上に女性の飼育員が座り、リンゴの好きなヤナギの枝をふって、気をひきつけている。

そのあいだに男性の飼育員たちが、キリン輸送箱の後ろにふたをした。

木の板でできたふたがビスでとめられていく。そのたびに、電動工具のギュギュン！という大きな音がする。

それでもリンゴはへいきな顔をして、前を見つづけていた。

休園日の今日は、キリン担当以外の飼育員も集まっていた。

リンゴを不安にさせず手ぎわよく終わらせるため、おおぜいで作業をいっきに進めていく。

リンゴが顔を出している窓の前には、カーテンをかけるように木の板がつけられた。リンゴはもう、運動場を見ることができなくなった。

女性飼育員が、木の板をくぐるようにしてリンゴが顔を出している窓のそばにいく。人がいると安心するのか、リンゴは耳を後ろにぺたっとはりつけることもない。

キリン輸送箱全体に、大きな布のカバーがかけられる。

さらにもう一枚。

雨や風が入らないようにして、リンゴをまもるためだ。

布カバーは、リンゴが顔を出す窓の下だけはすきまが作られていて、くぐっていけばリンゴのようすを見られるようになっている。

さいごは、布カバーが飛ばないように上からロープがかけられた。

上野動物園につくのは、明日の朝だ。飼育員がバケツに餌を用意した。

ペレット、大麦、りんご。リンゴの大好きなヤナギの枝は、盛岡市動物公園の園内にある木を切ってきた。まさに、ふるさとの味だ。

飼育員が、布カバーの下にあるすきまから入って、バケツをキリン輸送箱のなかに入れようとするのを、ライノの竹内がとめた。

「トラックがゆれたときに、のどにつまらせるといけないので、高速道路のサービスエリアで休むときにあげます。」

そういいながら、飼育員からバケツを受けとった。

トラックの荷台にのせるため、クレーン車のアームがのびてキリン輸送箱をつりあげる。

地面からはなれたとき、キリン輸送箱がぐらりとゆれる。

飼育員たちが、いちばん緊張する場面だ。

『あばれないでくれ、リンゴ！』

全員が念じるように見つめるけれど、リンゴは落ちついていた。

キリン輸送箱が、トラックの荷台にそうっとおろされる。リンゴは後ろ向きの状態だ。

こうしておけば、もしも急ブレーキをかけてもぶつかるのはおしりだからだ。

キリン輸送箱が動かないように、しっかりと固定される。

さいごに鈴山が、トラックの荷台に上がり、布カバーをくぐってリンゴのそばにいく。

かわいいリンゴ。たいせつに育ててきたリンゴ。

リンゴが、鈴山を見つめている。

鈴山は、そっと声をかけた。

「長旅だけど、がんばるんだぞ。元気でいろよ。ヒナタと仲よくな。」

十五時。すべての準備がととのった。

リンゴが東京にいくということで、たくさんのテレビ局や新聞社の人が取材にきてくれた。

リンゴの名づけ親の代表になってくれた、中学生の女の子が書いてくれた手紙と、盛岡市動物公園を応援してくれる人たちがくれた花束もトラックの助手席にのせられる。

「できるだけ早く、南に進んでください。」

鈴山が、ライノの竹内に伝えた。

すでに気温は、十度まで下がっている。夜になれば、もっと寒くなるはずだ。少しでも早く、あたたかい南に進んでほしかった。

「わかりました。では、いきます。」

ライノの竹内は、そういうと運転席にのりこんだ。

盛岡市動物公園の門までは、飼育員たちが小走りにトラックの前をいき、道路のわきにある木の枝が、リンゴの入っているキリン輸送箱にあたらないか見ている。

小さなカーブがいくつもつづいて、右へ左へとトラックがゆれる。

路面のアスファルトはつぎはぎだらけで、タイヤがのりあげるたびに、がたがたとゆれた。

暗いキリン輸送箱のなか、リンゴはひとりぼっちで、なにを思っているのだろうか。

盛岡市動物公園の門にきた。

飼育員がいっしょにきてくれるのは、ここまでだ。

「よろしくお願いします。」

鈴山が、竹内にもういちど声をかける。

「上野動物園についたら連絡します。」

竹内はそういうと、そうっとアクセルをふんで盛岡市動物公園を出発した。

2年間すごした盛岡市動物公園をはなれ、東京の上野動物園への移動がはじまる。

7 南へ走る

竹内は、慎重にトラックを走らせた。

リンゴは、キリン輸送箱のなかで立っている。人が、バスのなかで立っているようなものだ。

前に進んだり、ブレーキをふんだりすれば、前後にゆれる。カーブを曲がるたびに、リンゴのからだも左右にゆれる。

アクセルもブレーキも、ハンドルをきるときも、できるだけリンゴをゆらさないようにしたい。

運んでいるのは、命だ。

いまから、明日の朝まで、リンゴのそばにいるのは竹内ひとりなのだ。

竹内は、もしなにかあっても、動物たちをまもれるように獣医師の資格をもっていた。

キリン輸送箱のなかには、小さなビデオカメラをつけてある。

モニター画面は運転席のそばにあり、運転中でもリンゴのようすがわかるようになっていた。

盛岡市動物公園を出てから数分で山をおり、バス通りに出る。まっすぐのひろい道になると少しだけ速度を上げた。

ただし、交差点で左に曲がるときは、そうっと、ゆっくりと。

十数分、走ったところにあるインターチェンジから、東北自動車道に入った。

高速道路を走りはじめてわずか五分、竹内は、さいしょのパーキングエリアでトラックをとめた。

すぐに、荷台に上がって、リンゴのようすを見る。

リンゴは、おとなしくしていた。

温度計で、キリン輸送箱のなかの温度をはかる。

外の気温が低いとはいえ、日光があたったり、リンゴの体温などでキリン輸送箱のなかがあたためられると、蒸しぶろのようになることがあるのだ。

温度計は、十二度をさしていた。

これなら、だいじょうぶ。

飼育員から受けとったバケツの餌をあたえてみる。けれど、リンゴは食べようとしなかった。

「東京まで、がんばるんだぞ。」

そっと声をかける。

竹内は、一時間ほどかけて布カバーを念入りにたしかめ、ロープをしっかりとしめなおした。

盛岡市動物公園で、きちんとやったとはいえ、少し走るとゆるむことがある。とくに高速道路では速度が上がるため、あたる風も強くなる。

ひととおり終わると、盛岡市動物公園の鈴山にメールを送った。

「順調です。」

短くひと言。だけど、これで安心してくれるだろう。

ふたたび走りはじめて五分後、竹内は、また、サービスエリアに入ってトラックをとめる。

もういちど、布カバーとロープをたしかめる。念には念を入れておいて、困ることはない。万が一はゆるされないのだ。

「これで、よし。」

リンゴも、おとなしくしている。

いよいよここから、本格的に南に向かう。

走りだしてすぐに、空を雨雲がおおい、あたりは急に暗くなった。雨粒が落ちてきたと思ったら、ものすごい風と雨がおそいかかってきた。

フロントウィンドーを雨がたたきつける。

背の高いキリン輸送箱は、風をうけやすく、強い風がふくたびにトラックがゆれる。

竹内は、速度を落として、慎重に運転をつづけた。

雨があたり、風にあおられる。ただならぬ気配を、リンゴも気づいているはずだ。リンゴがパニックを起こして、キリン輸送箱のなかであばれれば、トラックまで大きくゆれる。そうならないことを祈るばかりだ。

『布カバーは、だいじょうぶだ。きちんとロープもかけた。ひどい雨だけれど、キリン輸送箱のなかに雨は入らない。』

先ほど、シートが飛ばないように念には念を入れてたしかめておいたことが、いまの安心につながる。竹内は、モニター画面をちらりと見て、リンゴのようすをたしかめると、南へとトラックを走らせた。

その後も竹内は、一時間半ごとにサービスエリアやパーキングエリアでトラックをとめて、雨にぬれながらリンゴのようすをたしかめた。

そのたびに外の気温と、キリン輸送箱のなかの温度をはかる。

リンゴのからだは、ふるえることもなく、寒そうな感じもない。

でも、やはり餌は食べなかった。

雨はいつのまにかやみ、夜中の一時半に、埼玉県にある羽生パーキングエリアについた。

竹内は、ここで朝を待つことにした。

もうひとつ先に、レストランのある大きなサービスエリアがあるけれど、竹内はここを選んだ。

大きなサービスエリアだと、トラックをとめる場所がトイレから遠い。できるだけ、リンゴのそばをはなれたくないのだ。

竹内はトラックをとめると、エンジンを切った。あたりが、しーんと静まりかえる。

トラックの外に出ると、寒さがやわらいできたのがわかる。

外の気温をはかると、夜中だというのに十度をこえていた。リンゴのそばにいき、ようすをたしかめ、いままでとおなじようにキリン輸送箱のなかの温度をはかる。

リンゴは、あいかわらずおとなしくして、ときどき長いまつげをゆらして、まばたきをしている。

竹内は、さっとトイレをすませてトラックにもどると、カバンのなかから菓子パンをとりだした。

かんたんな夕食だ。

レストランや売店にはいかない。

リンゴのそばにいたいからだ。

竹内が仕事をはじめたころ、ある人に教わったことがある。

『飛行機にのる前には、食事をしておきなさい。もしも、飛行機が海の上に不時着しても、体力があれば、海を泳いで助かるかもしれないから。』

今日も、リンゴをむかえにいく前に、ハンバーグ定食をしっかりと食べた。

カバンのなかには、菓子パンやお菓子が、非常食がわりにたくさん入っている。

ヒーターが消された運転席は、どんどん寒くなってくる。それでも、エンジンはかけない。エンジンの音で、リンゴを不安にさせたくないのだ。

竹内は、厚手のジャンパーを着こむと目をとじた。

トラックを運転できる人は、ほかにもたくさんいる。でも、キリンを安全に運ぶことは、だれでもできるわけではない。安全に運んで当たり前の仕事。そして、当たり前のことを当たり前のようにやることは、とてもむずかしいことだ。

だれかと競争をするのではない。だれも見ていないけれど、自分にうそをつかずに、やるべきことをきちんとやる。

当たり前のことをやるとは、そういうことだ。

「もう少しで朝になるぞ、リンゴ。」

目をあけ、モニター画面を見るとリンゴが映っていた。

上野動物園では、キリンのヒナタが待っている。

リンゴは、ヒナタのことを気に入るだろうか。

新しい動物園で、しあわせになってほしい。

多くの人に愛されますように。ヒナタと仲よく、すごせますように。

「いつか、赤ちゃんが生まれたら、会いにいくからな。」

竹内は、モニター画面のなかで、まばたきをしているリンゴにそう呼びかけた。

8 上野動物園についた！

リンゴが盛岡市動物公園を出た、水曜日の夕方。上野動物園では十七時の閉園のあと、キリン舎のまわりにたくさんの飼育員やスタッフが集まってきた。

リンゴをのせたトラックが入る動物園の門から、キリン舎まではわずか数十メートル。

けれどそこには、ベンチや看板がおかれていて、このままではトラックが通れないのだ。

さらに、園内の通路にはえている木の根元には、やわらかいコルクがしきつめてあり、この上を重いトラックに通らせるわけにはいかない。

飼育員たちは、手わけをしてベンチや立て看板を動かしていく。しきつめられたコルクの上には、厚い木の板をおいていった。

引っ越し係と、若手の飼育員たちが中心になって、てきぱきと動いていく。やることはたくさんある。けれど、体重のあるゾウやカバを運ぶときにくらべたら楽なものだ。

カバの体重は、二・五トン。

カバをのせたトラックが園内を走ると、タイヤが通るところだけアスファルトの地面がゆがんでしまう。だから、鉄の板を門からカバ舎まで、ずーっとしきつめるのだ。

鉄の板は一枚四百キログラム。クレーン車でつりあげてならべて、終わったらはずす。一日では終わらないので、動物園を休みにしておこなう大仕事だ。

すべての作業が終わり、暗くなりはじめた園内で、引っ越し係の係長の矢部が全員に呼びかけた。

「トラックは、明日の朝、六時にきます。担当する人は、六時半にここに集合してください。開園は九時半ですから、それまでに終わるよう、よろしくお願いします！」

もしも、九時半までに終わらなかったら、お客さんが入ってこないように、とめてもらわなければならない。

矢部は、万が一にそなえて案内係にも連絡をしておいた。

四月十三日、木曜日。朝。

引っ越し係の車両担当である木岡は、五時すぎに上野動物園の事務所に到着した。

ライノの竹内は、六時に到着することになっている。

けれど、動物を運んでいるのだ。予定どおりにいかないこともある。もっと早くついたり、連絡がきたりするかもしれない。

そう思っていると、携帯電話が鳴った。竹内からだ。

あわてて電話をとる。すると、いつもの竹内の落ちついた声がした。

「もうすぐ、つきます。」

木岡は、キリン舎のそばにある門に向かった。

門の外で待っていると、あきらかに背が高い箱をのせたトラックが現れた。

「きた！」

木岡は竹内に手をふると、トラックを案内しながら門のなかに入り、キリン舎のほうへ走っていく。

「ここにとめてください！」

トラックは、木岡の指示のとおりに、ゆっくりとキリン舎のわきでとまった。

「おつかれさまでした！」

木岡が運転席にいる竹内に声をかける。竹内が、うなずく。

すぐに木岡は、キリン輸送箱に視線をうつした。

キリン輸送箱は、ことりとも音がせずに静まりかえっている。

リンゴは？　だいじょうぶなのか？

荷台に上がり、布カバーをくぐるようにして、キリン輸送箱の窓の下にいく。

下から見あげると、キリン輸送箱の窓から、リンゴがちょこんと顔を出していた。

『あなた、だれ？』

はじめて見る木岡をこわがるようすもなく、耳を立ててきょろきょろしている。

新しい人に会えて、よろこんでいるかのような表情だ。

「がんばったな～。」

木岡は、落ちついているリンゴを見て安心すると、トラックの荷台からおりながら、そばにいたライノの竹内に伝えた。

「リンゴ、元気です。ありがとうございました！」

うなずいた竹内の口元が、ほんの少しだけ笑っていた。

しばらくすると、飼育員や動物園のスタッフたちが集まってきた。

矢部と伊藤も到着した。

獣医師が、キリン担当の飼育員といっしょにリンゴのようすをたしかめている。

「落ちついているね。」

「いい子だね。」

じっとしているリンゴを、みんながほめている。

その言葉をきいた伊藤は、自分のことのようにうれしくなった。

『ユズが産んだ子だもの。とてもいい子なんだよ。』

大きな声で、そう、みんなにいいたかった。

「伊藤さん、リンゴに会っていいよ。落ちついているから、だいじょうぶだよ。」

リンゴにとくべつの思いをもっていることを知っている飼育員から声をかけられ、伊藤が、トラックの荷台に上がる。

リンゴは、かわいらしい顔で伊藤を見つめてくる。

「よくきたね、がんばったね、リンゴ。これから、よろしくね。」

そういうとリンゴは、目をくりくりと動かしていた。


七時になると、クレーン車もやってきた。

いよいよ、キリン輸送箱が上野動物園のキリン舎の建物の前におろされるのだ。

おおぜいの飼育員が見まもるなか、そうっと、キリン輸送箱がつりあげられる。

キリン輸送箱から長いロープがたらされ、その先をベテランの飼育員が持ってゆれないように引っぱっている。

リンゴが、あばれませんように。なにごともなくぶじに、地面までおろせますように。

ヒナタは、つりあがったとたん、これでもかというほどあばれまくった。おかげでキリン輸送箱は、ぐわんぐわんと、こわいくらいにゆれたのだ。

伊藤がじっとキリン輸送箱を見つめる。ユズのときを思いだしていた。つりあげられ、ゆらゆらとゆれる輸送箱のなかで、ユズはこわさのあまり座りこんでしまったのだ。

けれど、リンゴが入っているキリン輸送箱は、ぴたっととまったままだ。

リンゴは、なかでじっとしている。

「すごいな、リンゴ。」

「うん。」

木岡と伊藤が、キリン輸送箱を見つめたままうなずきあう。

建物の出入り口の前に、キリン輸送箱がおろされると、かけてあったロープや、布カバーがはずされる。

部屋に入るために建物の扉があけられ、キリン輸送箱の後ろにあるふたがはずされると、その場にいる全員がリンゴの動きを見つめた。

リンゴ、どうする？　新しいキリン舎に、こわがらずに入れるのか？

そのとたん。

くるり。

リンゴが、ふりむいた。後ろの扉があいていることに気づいたようだ。

そしてそのまま、まわれ右をすると、なんのためらいもなく新しい部屋のなかへ入っていく。

「は、入っています、入っています！」

あまりにあっけなく入るようすに、キリン輸送箱の横から見ていた飼育員が、あわてて声をあげた。

「キリン輸送箱、片づけまーす！」

リンゴがいなくなったキリン輸送箱が、ふたたびつりあげられる。

「あ！」

木岡があわてて、はずしてあった布カバーやロープを持って、キリン輸送箱に走りよる。

「すみません！　これ、ぜんぶのせてください。体重をはかりたいんです！」

木岡が、布カバーやロープ、はずしたビスなど、すべてをキリン輸送箱のなかに入れる。

リンゴが運ばれてきたときとおなじようにして、リンゴがいるときといないときをくらべれば、リンゴの体重がわかる。

キリンは大きいので、こういうときしか体重がはかれないのだ。

「六百キロ！」

木岡が大きな声で、数字をまわりに伝える。

二歳のリンゴ。上野動物園にきたときの体重は、六百キロ。

これからもっともっと、大きくなっていくはずだ。

9 新しいキリン舎

新しい部屋に入ったリンゴは、なかを歩きまわりながら壁や柵のにおいをかいでいた。

いままで、かいだことのない新しいにおい。

そして、いくら探しても大好きな母親のユズのにおいも、姿も見つからなかった。

となりの柵のむこうにはヒナタが見えるけれど、リンゴはほとんど近よらない。ヒナタも、新しい仲間がきたというのに、知らんぷりをしている。

飼育員たちは、リンゴの餌の箱に、盛岡市動物公園から持ってきた葉っぱやペレットを入れてみた。けれど、リンゴは食べようとしなかった。

午後になっても、まったく食べない。

リンゴを運んできたライノの竹内によると、ゆうべもなにも食べていないという。

「食べない？」

飼育員から知らされた伊藤は、急に心配になった。

キリン輸送箱のなかで、あばれなかったリンゴ。落ちついているように見えたけれど、ほんとうは母親からはなれて、すごくさみしいはずだ。まだ、二歳になったばかりなのだから。

一口でいい。なんでもいい。少しでも食べてもらいたい。

みんながそう願うものの、夕方になっても、リンゴは餌を食べなかった。

リンゴのいるキリン舎の部屋は、内側がガラス張りになっていて、お客さんがキリンを見られる通路がある。そこに、小さなこどもをつれた家族が現れた。

「わあ、キリンさん。」

こどもがうれしそうに、リンゴを見あげている。

そのときだ。

リンゴが、餌を食べはじめた。

「食べた！」

飼育員が、声をあげる。

「伊藤さん、食べました！」

すぐに飼育員が、引っ越し係の伊藤たちに、連絡をくれる。

「よかったー！」

伊藤が、電話口でほっとした声を出す。

「食べたって？」

「よかった！」

矢部と木岡が、受話器をにぎりしめたままうれしそうに笑う伊藤の顔を見て、安心したようにうなずいている。

引っ越しは、ただ運ぶだけでなく、リンゴがちゃんと生活できてはじめて成功なのだ。

その日の夜、伊藤は、盛岡市動物公園の鈴山に連絡をした。

リンゴがぶじについたことは知らせたけれど、ユズのことが心配だったのだ。

急にリンゴがいなくなってしまい、ユズはどうしているだろう。

「だいじょうぶです。落ちついていますよ。」

よかった。

もうすぐ、ユズには、次のこどもが生まれる。

どうか、ぶじにいい子が生まれますように。

10 リンゴとヒナタ

リンゴとヒナタは、キリン舎のなかで、ほとんど顔をあわせようとしなかった。

キリンはもともと、何頭もいっしょに群れで生活をしている。

ずっと一頭でいたヒナタも、親とはなればなれになったリンゴも、もう少し仲よくしてもよさそうなものなのに、おたがいの顔を見ようともしない。

「気に入らないのかな。」

リンゴに遠いところからはるばるきてもらったのに、飼育員の心配はつのるばかりだ。

上野動物園についてから一週間、リンゴは、伝染病やひふ病などの検査があって、ずっと部屋のなかにいたけれど、すべての検査が終わり、運動場に出られることになった。

いきなり、ヒナタといっしょに出してけんかをするといけないので、夕方、ヒナタを部屋のなかにもどしたあと、リンゴが出ることになった。

はじめて出る、上野動物園の運動場。

四月の上野動物園は、春のにおいがあちこちからする。リンゴは、うれしくてしかたがないといったようすで歩きまわっている。

ヒナタが、建物の窓からそのようすを見つめていた。

それに気づいたリンゴが、ヒナタのそばに近づいていく。

くんくん。

リンゴが、首をのばして、ヒナタの顔に自分の顔を近づける。

ヒナタもそっと、リンゴのにおいをかいでいる。

はじめてのあいさつ。

なんだか、とてもいい雰囲気だ。

二か月後の六月十二日。

この日は上野動物園の休園日なので、ためしにリンゴとヒナタを、いっしょに運動場に出してみようということになった。

運動場に出た二頭は落ちついていて、リンゴは、いつものようにうれしそうに運動場を走りまわり、ヒナタは、おっとりとそのようすをながめている。

リンゴがヒナタのいるほうに進んでいくと、二頭は、いっしょにならんで木の葉を食べはじめた。

「いい!」

「仲よしだね!」

もうだいじょうぶ。リンゴとヒナタは、仲よくやっていけそうだ。

そして、六月十三日。

リンゴは、ヒナタといっしょに運動場に出て、正式に上野動物園デビューをした。

まだ、遊びざかりのリンゴ。

リンゴが大好きで、リンゴのあとをついて歩くヒナタ。

リンゴは、まだ二歳。キリンが大人になるまで、あと二年くらいかかる。

そして、キリンがおなかのなかで赤ちゃんを育てる期間は、四百五十日くらいといわれている。

リンゴの赤ちゃんが見られるのは、早くてもいまから四、五年先だ。

リンゴ、ずっとずっと元気でね。

そして、ヒナタと仲よくね。

ケース

②

海(うみ)をこえて、鉄道車両(てつどうしゃりょう)を運(はこ)べ！

1 英国の高速鉄道

「今日も海が青いなあ！」

山口県にある日立製作所の笠戸事業所は、瀬戸内海のすぐそばにある。

海に面した敷地には、船が出入りするための小さな桟橋があり、笠戸島をはじめとする大小さまざまな島が見えた。

笠戸事業所は、鉄道ファンには有名なところだ。鉄道の車両を作っている大きな工場なのである。

建物のわきにある車両おき場には、新幹線や在来線、地下鉄やモノレールなど、色もかたちもちがうさまざまな車両がならんでいる。

昼の十二時。

工場が休み時間になり、作業員たちが出てくる。そのなかのひとりがふと、車両おき場の前で立ちどまった。

「ここに、英国高速鉄道の車両がならぶのか。」

「もうすぐだな。」

まわりの作業員たちも、立ちどまってうなずいている。

「最高速度は、時速約二百キロメートル。」

「日本の新幹線みたいな感じか。」

ロンドンから北に向かい、スコットランドまで走る、イースト・コースト・メイン・ライン（East Coast Main Line）と、ロンドンから西に向かう、グレート・ウェスタン・メイン・ライン（Great Western Main Line）。

イギリスの人たちの移動をささえる英国高速鉄道は、車両が古くなったので、すべて新しい車両に入れかえることになった。

それを作ることになったのが、この笠戸事業所なのである。

「ぜんぶで、八百六十六両らしいぞ。」

「すごい数だな。」

一日、二両ずつ休みなく作っても二年以上かかる。

笠戸事業所としても、とても大きな仕事だ。

それは同時に、できあがった車両をイギリスまで運ぶ、輸送プロジェクトのはじまりだった。

2 運ぶ計画を立てる〈計画係〉

「イギリスまで、八百六十六両の車両を運びます。」

英国高速鉄道の全車両をイギリスまで運ぶ仕事をうけおったのは、輸送を専門におこなう会社、日立物流である。笠戸事業所のとなりにある日立物流の笠戸営業所は、これまでもここで作られた鉄道車両の輸送をまかされてきた。

会議がはじまった。

さいしょに動くのは、日立物流の頭脳集団、〈計画係〉である。

「こんどは海外です。これまでのように、笠戸事業所の敷地からJR線につながっている線路にのせて機関車でひっぱったり、特殊トレーラーにのせて目的地まで運ぶということはできません。」

「八百六十六両か。」

「しかも、イギリスだぞ。」

会議室にいる全員が、真剣な表情をしている。

できあがった車両を、運んでいるとちゅうでよごしたり、傷をつけたり、精密機械がこわれるなどあってはならない。日立物流の、いや、日本の誇りにかけて、全車両をぶじにイギリスまで運ばなければならない。

飛行機で運んだり、鉄道で運ぶ方法もあるけれど、飛行機はお金がかかりすぎるし、鉄道は、イギリスまで線路がつながっているわけでもないので、なんどもいろんなものにのせかえなければいけない。

「やっぱり、船だな。」

日本もイギリスも島国だ。港がある。

船で海をわたるのがいちばんいい方法だった。

「船で運ぶとして、鉄道車両を運べる船はあるのか？」

大きくて重い鉄道車両だ。大きな船でなければ運べない。

「いつも使っている、大型の貨物船を使いますか？」

日立物流は、これまでにも海外からものを運んできたり、日本のものを海外に運んだりしている。大型の貨物船は、よく使っていた。

大型の貨物船に荷物をのせるときは、コンテナと呼ばれる長さが十メートル近くある大きな鉄の箱のなかに入れている。

でも、鉄道車両は長さが二十五メートル以上あり、コンテナには入らない。

「コンテナのとなりに、鉄道車両をつむってことですか？」

「大きな鉄道車両をクレーンでつりあげて、つみこむのはたいへんだぞ。」

大型の貨物船は、鉄道車両を運ぶのには向いていないように思えた。

「自動車専用船は、どうですか？」

「そうか、自動車専用船ね！」

日本は、自動車をたくさん作り、毎年、約四百万台も世界中に輸出している。使うのは、自動車専用船だ。

船には大きなスロープがついていて、港と船をつなぐことができる。自動車は、走りながらのりこむことができるのだ。自動車がタイヤを、くるくるとまわしながらのりこむことをロール・オンという。おりるときは、ロール・オフだ。

スロープがあるこうした船は、ふたつの言葉を組みあわせて、ローロー船と呼ばれていた。

ローロー船なら、大型貨物船のようにクレーン車でつりあげなくても鉄道車両をつみこむことができる。

「それだな。」

「自動車専用船にのせよう。」

ただ、船のスロープや地面には、線路がない。

「台車にのせる?」

「鉄道車両をのせられる大きさの台車なんてないぞ。」

「ないなら、作ろう!」

英国高速鉄道の車両がのせられる、長くて大きな台車。

台車にタイヤがあれば、台車ごところがしてローロー船にのせることができる。

船が決まった。


次に決めるのは、港である。

日本には、大小さまざまな、たくさんの港がある。

ヨットや、漁船が使う小さな港。カーフェリーや、豪華客船などが入れる港。そして、外国を行き来する大型の貨物船やタンカーが使える港。

笠戸事業所のそばにも、港はたくさんある。

でも、小さな港ばかりだ。

ローロー船は、横浜や大阪、神戸などの大きな港を使っている。

「いちばん近いのは、神戸か。」

「神戸港まで、台船で運びますか。」

台船とは、長さが六十メートル、幅が二十メートルもある平べったい台のこと。

船といってもエンジンはついておらず、小さな漁船のような船でひっぱっていくのである。

瀬戸内海は、波がおだやかなので、台船の上に車両をのせて専用ベルトで固定しておけば大きな港まで十分に運べる。昔から瀬戸内海では、こうしてたくさんの荷物を運んできたのだ。

ただし台船は、時速十キロメートルくらいでゆっくりしか進めない。

「神戸までの距離は、四百キロメートルくらいだろう？」

「だとしたら到着まで、三十八時間くらいかかります。」

「三十八時間か……。」

まる一日かかっても、神戸港につかない。

しかも、神戸港までいった台船は、ふたたび笠戸事業所までもどってこなければならないのだ。

「一回に、何両、運べる？」

「前後二列に五両ずつならべて、十両です。」

「八百六十六両、運ぶんだろう？　八十七回往復するってことか。」

会議室のあちこちから、ため息がきこえた。

全員が、うでを組んで考えこむ。
四、五回の往復ならなんとかなるだろう。けれど、八十七往復なんて気の遠くなる話だ。
「じゃあ、台船をあきらめて、神戸まで特殊トレーラーで運ぶか？」

「いや、それもちょっと……。」

特殊トレーラーで鉄道車両を運ぶときは、毎回、道の許可をとらなければならない。それに、運べるのは自動車や歩行者が少ない夜中だけだ。

四百キロメートルもの距離を、八百六十六回。こちらもむずかしそうだ。

もっといい方法はないのだろうか。

「いっそのこと、ローロー船が下松港まできてくれたらいいんですけれど。」

だれかが、ぽつりとつぶやいた。

もしもローロー船が、すぐそこにある徳山下松港まできてくれれば、台船で運ぶ距離はわずか三キロメートルだ。神戸港とは、くらべものにならないほど近い。

「でも、このあたりは小さな港ばかりだぞ。」

「そもそも下松港では、水深が足りないんじゃないですか?」

大きな船が入港するために必要なのは、深さだ。浅いと船の底が海中の地面についてしまう。

「下松港の水深は、いくつだ?」

「たしか、十メートルです。」

「十メートルか……。」

この水深では、きっとむずかしいだろう。

だめか。

神戸港まで、台船で八十七往復。やるしかないのか。

会議室に、重くるしい空気が流れる。

そのとき、ひとりが声をあげた。

「神戸よりもっと近くに、水深が十メートル以上あってローロー船がとめられる港はないんですか?」

全員が、顔をあげる。

もうひとりが、全員に向かっていった。

「調べよう。神戸まで八十七往復するより、もっといい方法がきっとあるはずだ。」

「いままでの常識にとらわれず、新しい方法を探そう！」

調べてみると、意外なことがわかった。

ローロー船のなかには、水深が十メートルあれば入港できる船があるというのだ。

「自動車を運ぶために使う港のひとつが、水深十メートルしかないそうです。その港で使えるように、日本の船会社が開発したそうですよ。」

「日本の技術力は、すごいな。」

計画係が、いきおいづいてきた。

「いけるぞ。」

「下松港でも、このローロー船ならとめられる。」

「港を使わせてもらえるよう、たのんでみよう。」

「ちょっと待った。いまのままではローロー船をとめられないいんじゃないか？」

「どういうことだ?」

「係船柱だ。」

係船柱は、埠頭にある鉄製の杭のこと。岸壁に船をぴったりとよせるときは、ここに船から出されたロープをかけてひっぱるのだ。

いま、下松港の岸壁にある係船柱はすべて、数十トンくらいの漁船用の小さなもの。七万トンもあるローロー船が使ったら、かんたんに根元から折れてしまう。

「岸壁に、ローロー船用の係船柱を作らないとだめなのか。」

工事が必要だ。

けれど、もしも下松港にローロー船がくれば、港を管理する山口県に係留料が支払われる。悪い話ではないはずだ。

それに、日立製作所の笠戸事業所も、日立物流の笠戸営業所も、山口県下松市にある。イギリスを走る英国高速鉄道を、この下松市の港からイギリスに向かわせることができたら、すばらしいではないか。

計画係はさっそく、県の担当者に会いにいった。

なんども話しあい、漁船にめいわくがかからないよう考える。そして、下松第二埠頭の使用が認められ、ローロー船用の係船柱を作ってもらえることになった。

3 鉄道車両をつつむ〈梱包チーム〉

輸送プロジェクトが決まったときから、〈梱包チーム〉も準備を進めていた。

梱包チームの仕事は、ものをつつむ工夫をすることだ。

たとえば卵を運ぶとき、ぶつけて割れたら売れなくなってしまう。

だから卵は、とうめいなプラスチックや、ぶ厚い紙の専用パックのなかに入れて運ぶ。

よく見るとパックは複雑なかたちをしているけれど、これはぜんぶ、作った人たちが、卵が割れないための工夫をしたものだ。

つつみかた次第で、中身がまもられ運びやすくなる。

ものを運ぶときの、たいせつな仕事である。

梱包チームの作業場所は、日立製作所の笠戸事業所のなかにある。

鉄道車両を作るための金属の部品がたくさんある工場のなかで、ここだけは木のいい香りがただよっていた。

部品を運ぶときに使う、木箱を作るための木だ。

木のほかにも、部品をつつむときに使うものがところせましとおかれている。

これまで、たくさんのものをつつみ、運びやすくする知恵をもっている梱包チームだが、さすがに今回は強敵だった。

「鉄道車両なんて、つつんだことないぞ。」

完成した車両は、当たり前だけれど雨や風に強いのでつつまなくていいのだ。

「だけど、イギリスに運ぶ車両のほとんどは、ノックダウン車だからな。」

ノックダウン車とは、まだ完成していない車両のこと。

部品ごとに作ったプラモデルのような状態で、このままイギリスに運び、イギリスの工場で完成させてもらう。

ノックダウン車のなかにはシートもなければ、つり革や手すりもついていない。車両と車両をつなぐ〝連結〟部分も、たいせつな部品がむきだしになり、人が通りぬけるところは、ぽっかりと大きな穴があいている。

さらに、車輪もついておらず、四角い箱のような状態だった。

そんな、ノックダウン車を、どうまもればいいのか。

「ノックダウン車は工場を出たあと台船にのせられ、下松第二埠頭に運び、ローロー船につみかえられて、イギリスのティーズ港に運ばれる。」

梱包チームが、どのように運ばれていくかをたしかめていく。

「台船へのつみおろしは、クレーンでつりあげるので、ワイヤーがかけられるようにしなければいけないですね。」

「ローロー船にのせるための、専用の台車も作るんですよね？」

「台車にのせたとき、台車とがっちり固定するための専用ベルトをかけられるようにしなければいけないぞ。」

梱包チームの作戦会議がはじまった。

「まず、クレーンでつりあげるための、ワイヤーがかけられるようにする。」

「前と後ろの車輪をつけるところを利用して、架台をとりつけよう。」

架台は、鉄でできた小さな台だ。

「こうすれば、クレーンのワイヤーのほか、専用台車に固定するための専用ベルトをかけることができる。」

「それに、架台があれば、地面においたとき車両が直接、地面につくことはない。」

一石二鳥ならぬ、一石三鳥だ。

では、車両そのものは、どうやってまもるか。

台船で海の上を運んでいけば、波しぶきがあたる。それは、サビの原因になってしまう。

台船だけではない。

ローロー船につみこむときも、海のそばだ。

「イギリスのティーズ港についたあとのことも考えないといけない。すぐに組みたて工場に運ばれるわけじゃなく、数日間は、港におかれることもあるだろう？」

港では潮風にあたる。強い風がふけば、海水がかかる。

ほこりをかぶったり、雨にぬれたり、直射日光にさらされることもある。

雨、潮風、ほこり、直射日光。どうすればまもれるだろうか。

「カバーをかけないとだめだろうな。」

大きな布ですっぽりとつつむ。

こうしておけば、雨や風、ほこりや直射日光から、まもることができる。

みんなが、うなずいた。さっそく、布選びがはじまった。

「雨や海水などの水をとおさないこと。」

「やわらかくて、車体に傷をつけないこと。」

「重いのもだめだな。作業がしにくくなる。」

「価格が高いのもだめだぞ。なにせ、八百六十六両のうち、ほとんどがノックダウン車両なんだ。」

「よし、手わけをして探そう！」

インターネットで調べたり人にきいたりしながら、布を作っている会社に、かたっぱしから連絡をする。布のことなんて、まるでわからない。どんな布があるのか、どういう会社がどんな布をあつかっているのかなにも知らない。

まさに、手あたりしだいに連絡をするしかないのだ。

「工事現場で使っている、ブルーシートみたいな大きな布がいいな。」

「台風で屋根が飛ばされたとき屋根にかけるくらいだから、大きくて水もはじく。」

「すぐに、やぶれるのはだめだぞ。」

「テントの布を作っているところはどうだ？」

「アウトドア用品なら、すぐにやぶれない強い布があるはずだ。」

「きいてみよう。」

布の会社の人に声をかけて、こういう布がほしいと説明をする。

布のプロの人たちに、いろんなアイディアを出してもらう。

でもなかなか、これ！　という布が見つからない。

「水をはじく布は、表面がごわごわしたものばかりなんだよ。」

「それだと、つつんだときに車両の表面に傷がついてしまいますね。」

「うん。内側だけでも、ふわふわでさらさらした手ざわりだといいんだけれど。」

さらに、むずかしいのは重さだった。

これならいい、という布が見つかっても、長さが二十五メートルもある鉄道車両をつつむ大きさになると、百キログラムをこえてしまう。

これでは、人の力では持ちあげることができない。

「クレーンを使って持ちあげてから、つつみますか？」

「いや、それだと時間がかかりすぎる。それに、イギリスではずすときのことを考えると、やはり軽くて人が持てるくらいじゃないと。」

相手の気もち、運ぶ人の気もちになって考えるのは、梱包チームの基本だ。

できるだけ、軽いもの。

人の力だけで、あつかえるもの。

車両に傷がつかないもの。価格が高すぎないもの。

だけど、なかなか見つからない。

早く見つけないと、車両の生産がはじまってしまう。時間がどんどんすぎていく。

「さらさらで軽くて、でも、水をはじいて、かんたんにやぶれない布なんて、ないんじゃないか？」

「作ってもらうか。」

「いまからじゃ、もう、まにあいませんよ。」

「それに、ぜったい価格が高くなる。」

さあ、どうする。

もう時間がない……。

「あの。」

ひとりが、ひらめいたように立ちあがった。

「防水の布をかぶせる前に、やわらかい布でつつむってどうですか？」

「二枚にわけるのか！」

「そうか、水やほこりからまもることと、車両を傷つけないやわらかさ。それぞれ、一枚ずつ使えばいい。」

「それなら軽くなる！」

二枚かける手間はふえるけれど、クレーン車は使わなくていい。

「それでいこう！」

布が決まった。


英国高速鉄道のノックダウン車が、工場の建物から出され、大きな屋根の下で布がかけられるのを待っていた。

先頭車両だ。

「はじめるぞ。」

梱包チームが、作業をはじめる。

さいしょは、こわれやすい部分をまもるところからだ。

連結部分の人が通りぬけられるようになっている通路には、布をはってなかに雨や風が入らないようにする。

車両の下側にある細い棒のようなでっぱりは、太い木をそえて折れないようにする。

運転席の窓には、雨をふきとるワイパーがある。これもこわれやすいため、うすいプラスチックでできたとくべつな板をうまく折って上からかぶせていく。

こわれやすいところをまもる作業が終わる。

ここから、車両全体を布でおおっていく。

「ブルーシート、持ってきてー!」

班長の声がする。

布をかける前に、ブルーシートを車両のまわりにしき、布が地面にふれてもよごれないようにするのだ。

ブルーシートがきっちりとしかれたら、いよいよ、布で車両をつつんでいく。

一両につき四人。車両の四隅に分かれる。

そのうちのふたりは、高所作業車と呼ばれる、高さが調節できる移動式の箱に入った。

これで車両の屋根のあたりまで上がって布を広げていくのだ。

「布、上げるよ！」

「ひっぱりまーす！」

「もうちょい、左！」

大きな声がかけられて、作業が進んでいく。

先頭車両は、運転席の部分がななめになっている。うまくつつむにはコツがいるけれど、きれいにつつまれていく。どのくらいの大きさで、どんなかたちの布ならきれいに車両がつつめるのか、なんども図面を描いて考えてあるのだ。

まっすぐのばすところ、きちっと折り目をつけるところ。

布がぴしっときれいになっていると、それだけで気もちがいい。

イギリスについたあと、つつみかたを見たイギリス人に、やはり日本人の仕事ぶりはちがう、日本にまかせてよかったと思ってもらいたい。

一枚目の、やわらかい布が終わった。

つづいて、二枚目の布をかける。一枚目よりも厚みがあり、ずしりと重い。

車両の下側も、すっぽりとおおうようにしたあとは、あまった布がばたばたしないようにきれいに折りたたんでいく。

さいごは布が飛ばされないように、車両の上下からぐるりとまわして十本以上のロープをかけた。

すべての作業を終えるまで、かかった時間は五時間。

つつまれたノックダウン車は、真っ白で大きな箱になった。

車両をまもり、そして運びやすい。

梱包チームの自信作だ。

事業所のなかを移動させる〈事業所内移動チーム〉

車両の生産がはじまり、ローロー船で運ぶようになってしばらくたったころ。

「えっ、ローロー船の到着が、二日おくれる？」

〈事業所内移動チーム〉は、あわてた声を出した。

彼らは、できあがった車両を工場の建物から外に運びだす担当だ。事業所内移動チーム
がいないと、できあがった車両は工場から出られない。
ローロー船は、日本を出てからイギリスまでいくのに四十五日かかる。
でも、ローロー船は日本とイギリスを往復するだけではなく、いろんな国によって荷物
をつんだりおろしたりしながら、ぐるりと地球を一周している。
一隻のローロー船が、地球を一周するのにかかるのは約百二十日だ。
いつ、どこの港につくのか予定はあるけれど、天気が悪くなれば港に近づけない。だか
ら予定がおくれることはよくあった。
だからふつうはおくれるときいても、おどろいたりあわてたりしない。
でも、事業所内移動チームはちがう。
「もう、おく場所がないですよ。」
作業員が、不安そうにいう。
工場では車両が次から次へと作られ、車両おき場には、英国高速鉄道だけでなく新幹線
やモノレールがびっしりとならんでいた。

英国高速鉄道の車両をローロー船につんで、一日も早く場所をあけてあげたいのに、そのローロー船がつくのがおくれているという。

英国高速鉄道の車両は毎日できあがっていく。

車両おき場におけない車両が、事業所の敷地のあちこちに、おかれはじめていた。

ローロー船がつくのが二日、おくれるということは、そのあいだにできあがる車両のおき場所を見つけなければいけないということだ。

「うーん。」

事業所内移動チームは敷地の図面を見つめて、どこかにおける場所はないかと頭をひねった。

「もっとかんたんに動かせたらなあ。」

鉄道車両は、自動車のように走らせることできない。

『ちょっとつめてもらえれば、もう一両おけるからつめて。』

そういわれても、そのちょっとを動かすのがとてもたいへんなのだ。

完成車は、約四十トン、ノックダウン車でも十トン以上ある。

運ぶときはクレーン車でつりあげ、特殊トレーラーにのせて事業所の敷地を走り、ふたたびクレーン車でつりあげておろす。

ほんの数メートル動かすだけでも、おおぜいの人を集め、クレーン車や特殊トレーラーを手配しなくてはならない大仕事だ。

「もうすぐ、ひろい車両おき場ができるから、それまでがんばろう。」

「いや、おき場所だけじゃなく、そもそも工場から運びだすのに、手間がかかりすぎる。」

「まだ、これから数百両も運びだすんだ。運びかたを考えないと身がもたない。」

「つりあげたまま、移動できるような機械ってないんですかね？」

クレーン車は、重いものをつりあげたまま、走ることができないのだ。

そうして見つけたのは、〝シャトルリフト〟である。

クレーン車とおなじ、つりあげ用のフックがついた、巨大な四角い枠のような機械。

エンジンも運転席もないけれど、タイヤが四つついていて、リモコン操作で車両をつりあげたまま自由に動くことができるのだ。

数億円という高価な機械。けれど、まだこれから数百両を運ぶことを考えたら、クレーン車と特殊トレーラーを手配して動かすより最終的には安くできる。

なにより、なんどものせかえることがなくなれば、それだけ事故の危険が少なくなるということだ。

重いものを運ぶときは、いつも危険ととなりあわせだ。

安全よりたいせつなものはないのである。

その日は、朝から雨がふっていた。

灰色の空。灰色の海。灰色の工場の建物。雨にぬれて黒く光っているアスファルトの路面。

事業所の敷地にある道を、小型トラックやフォークリフトが走りまわっている。

その流れが、ふっととまった。

かわりに、道幅いっぱいに現れたのは、真っ赤にぬられた四角く太い枠。

シャトルリフトである。

高さは、約十三メートル。長さは、約十二・五メートル。幅は、約八メートル。

太く大きな枠の中心には、白い布でおおわれたノックダウン車がつられていた。シャトルリフトの前には、弁当箱のようなリモコンを持った人がひとり。レバーやスイッチを動かしながら、シャトルリフトを進めている。

シャトルリフトがとまった。

門型クレーンの真下だ。高さは、シャトルリフトの二倍くらいある。

シャトルリフトのまわりで十五人ほどの作業員が、シャトルリフトがつりあげているノックダウン車を見つめている。

白い布につつまれたノックダウン車がゆっくりと地面におろされていく。

「はい、オーケー！」

大きな声がひびくと、地面におろされた車両の架台からシャトルリフトのワイヤーがはずされた。シャトルリフトは、ふたたび静かに動いてその場をはなれていった。

あっという間だった。

シャトルリフトがきてから、作業がいっきに進むようになった。

これからは、ローロー船の到着が少しおくれても、だいじょうぶだ。

5 事業所の外に運びだす〈港運機工チーム〉

ピーッ！

笛の音がひびく。

シャトルリフトがその場からいなくなると、すぐに次の作業がはじまった。

今日は、ノックダウン車を下松第二埠頭まで運ぶのだ。ローロー船がついたら、すぐにのせられるようしておくのである。

ここからの作業は、〈港運機工チーム〉が担当する。

港運機工チームは、チーム名に〝港〟という字がついているとおり、港のそばで作業する人たち。船の免許をもっていたり、クレーンやフォークリフトなどをあつかえる人もいる。海に浮かぶ不安定な台船の上での作業もお手のものだ。

先ほど運ばれてきたノックダウン車の架台に、ふたたびワイヤーがかけられた。

こんどは、大きな門型クレーンでつりあげるのだ。

門型クレーンは、鉄道のようにレールの上を移動する。レールは二百メートルほどあり、まっすぐに進んでいけば栈橋に出られるようになっている。

栈橋の前には、三メートルほどの高さの防波堤があるけれど、門型クレーンの脚の部分だけが通れるように細い扉がついていた。

笛の音が、もういちどひびいた。

ほかの人は白いヘルメットなのに、笛をふいた人のヘルメットは青。たくさんいる作業員のなかで、この人が指示を出す人だとわかるようになっている。

笛をふくのといっしょに、手も動かして合図を送る。

「ピピッ、ピピッ、ピピッ。」

小気味よく笛をふきながら、上げた手をぐるぐるとまわす。

ノックダウン車にかけられたワイヤーのたるみがなくなり、車両が少しずつ上がっていく。

門型クレーンを動かす人は、地面から二十五メートルの門型クレーンのてっぺんあたりにいた。

とうめいで大きな窓のついた、小さな作業部屋のなか。

その位置からでは、ノックダウン車がどうなっているのかよくわからない。

けれど、指示を出す人の合図を信じて、笛の音と手の動きどおりに動かしていくのだ。

まわりにいる作業員も、笛の音をききながら動く。

チームプレイである。

ノックダウン車は、地面から五メートルくらいの高さでとまった。

「はい、動くよー！」

門型クレーンは、大きな電子音を出しながら線路の上をまっすぐ海へと向かっていく。

防波堤をこえると、小さな桟橋に台船が浮かんでいた。

長さが三十六メートル、幅は十五メートルほどの小さなタイプ。これで運べるのは三両だ。

台船の上には、すでに二両がおかれていて、一両分だけあいているスペースに、運んできたノックダウン車をおくのである。

作業員たちは、すでに台船の上にうつっている。

ノックダウン車が、ゆっくりと台船に向かっておろされていく。

作業員は、けっして車両の真下にはいかない。万が一、車両が落ちてきたときのためだ。

車両はこわれたら作りなおせばいいけれど、人の命はそうはいかない。

『つりあげているものの下には、入らない。』

これは、クレーンでの作業をする人たちの鉄則なのである。

車両がゆっくりとおろされてくる。作業員たちのひざあたりになると、さらに少しずつ、おりてはとまりをくりかえす。数センチずつ、ほんのちょっとずつ。

台船の上での作業は、地上よりもむずかしい。波で台船が、上下にゆれるからだ。

台船の上まであと十センチ……というときに、波でおしあげられた台船が、車両の架台にあたる。

おだやかに見える瀬戸内海。それでもわずかに波はあり、台船はゆらゆらとゆれて、と

海に浮かぶ台船の上に、慎重に車両をおろしていく。安全第一。

まっていてはくれない。風の強い日ならなおさらだ。

それでもさいごは、ぴたりと車両が台船の上におかれた。

作業員が車両に近づき、金具のついた専用のベルトでしっかりととめていく。

ここから、台船での移動がはじまる。

6 台船で海をわたる〈港運機工チーム〉

進栄丸、十九トンが現れた。

瀬戸内海を行き来する漁船と大きさやかたちは似ているけれど、深緑色にぬられた船体からかもしだす雰囲気はあきらかに漁船とはちがう。

進栄丸が台船の真横まできてとまると、台船の上にいる作業員たちが、台船と進栄丸をロープでがっちりとつなぎあわせた。

神戸港のように遠いところなら、前からひっぱる。でも、近いところにいくときはこうして横ならびにつなぐ。

速度は上がらないけれど、岸壁に台船をぴったりとよせやすいのである。

進栄丸は大きなエンジン音をとどろかせると、桟橋のある港を出ていった。


三キロメートルはなれたところにある下松第二埠頭では、先ほどとはべつの〈港運機工チーム〉が準備を終えていた。

岸壁ぎりぎりのところには、クレーン車が二台、向きあうようにとまっている。

そのわきには、ノックダウン車をのせるために作られた専用台車〝マーフィー〟が用意されていた。

ふっていた雨はやみ、あたりはうっすらと白いもやがかかっている。

ときどき海鳥が、頭の上を飛んでいく。

「そろそろ見えてくるんじゃないか？」

作業員たちが、海を見つめる。

目の前には、笠戸島がある。

笠戸島と本州は笠戸大橋でつながっていて、進栄丸は、この笠戸大橋をくぐってこちらに向かってくるはずだ。

「きた。」

笠戸大橋の真下に、小さな白いものが現れた。遠くからでもはっきりとわかる白。

ノックダウン車をつつんでいる、白い布だ。

白く四角いものが、少しずつ大きくなってくる。進栄丸のエンジン音もきこえてきた。

台船の上には、白いヘルメットと救命胴衣をつけた作業員がひとり立っていた。口元には小さなマイク。耳にはイヤホンがある。

進栄丸の船長に、指示を送る係だ。

「あと二百メートル。」

進栄丸は、台船を前にしておすように進んでいるため、船長の目の前にはノックダウン車があり、まわりがよく見えないのだ。

岸壁が近づくにつれ、指示も細かくなっていく。

「もうちょい、右。」

「三メートル、二メートル……。」

小さな波が台船と進栄丸をゆらすけれど、進栄丸は台船をぴったりと岸壁によせていった。

「オーケー、いいよ！」

台船が横づけされると、埠頭にいた作業員たちがすぐに台船におりてきて、台船が岸壁からはなれないようロープで固定する。

ここからは二台のクレーン車が、息のあった動きをしていく。

一台は、ノックダウン車の前のほうにある架台、もう一台は、後ろのほうにある架台にワイヤーをかけて、二台で同時につりあげる。ふたりの運転手がクレーンを動かすタイミングが少しでもずれれば、たちまちノックダウン車はバランスをくずして落ちてしまう。

こちらでも指示を出す人が、細かく合図を送りながら、二台のクレーン車の運転手に伝えている。

「ゆっくり上げてー。」

車両はきれいに平行になったまま、上がっていく。

つりあげられたノックダウン車は、二台のクレーン車のあいだを通るようにして、マーフィーの真上まで運ばれていく。

ノックダウン車とマーフィー。真上から見ると、ほとんどおなじ大きさだ。

作業員たちがマーフィーのまわりについて、おろす位置をたしかめている。

「そっちどう?」

「いいよ。」

「あ、もうちょい左。」

二台のクレーン車でつられているので、ぴったりと位置をあわせるのがむずかしい。

指示を出す人が、作業員の声をききながら位置をたしかめ、二台それぞれのクレーン車の運転手に合図を送る。

ノックダウン車が、そうっと静かにマーフィーの上におろされた。

すぐに作業員たちが、ノックダウン車とマーフィーを専用のベルトで固定する。

台船にのせていたときよりもベルトの数は多い。このまま、ローロー船にのせてイギリスまで運ぶのだ。おだやかな瀬戸内海とはわけがちがう。

とちゅうで嵐にあうかもしれない。大きくゆれるかもしれない。

それでも、マーフィーからはずれないよう、太いベルトを使って何か所もしばりあげる。

「腰、気をつけろよー！」

班長の声がする。

専用ベルトは、ひっぱりながらしめあげるので、注意しないとすぐに腰をいためてしまう。

からだの小さな作業員は、鉄の棒のような道具を使ってひっぱっている。これがあれば、力が弱くても、おなじようにしっかり固定することができるのだ。

準備がととのった車両は、下松第二埠頭にある保管場所にならべられた。

あとは、ローロー船の到着を待つばかりである。

7 ローロー船にのせる〈港運機工チーム〉

アメリカを出発したローロー船は、日本のべつの港によっていた。運んできた荷物をおろしてから、下松第二埠頭に向かうのである。

夜は、下松市の近くまできて、瀬戸内海の沖で錨をおろした。朝まで、ここで待つのだ。

朝六時十五分。ローロー船が、錨を上げた。

下松第二埠頭に向けて、ゆっくりと進みはじめる。

おなじころ、港運機工チームも下松第二埠頭に集まってきた。

しばらくすると、朝もやがただよう遠くの海上に、漁船とはあきらかにちがうかたちをした巨大な船が現れた。

壁のようにそびえたつ物体。船というより、大きくて四角い箱だ。

近づいてくると、その大きさがさらによくわかる。

全長二百三十メートル。高さ三十五メートル。まるで、七階だてのビルが動いているような迫力だ。

ローロー船は、パナマ船籍。

船長も一等航海士も、作業をする乗組員もすべて外国人だ。

岸壁まであと十メートルというところで、ローロー船の前後から一本ずつ、ロープが投げられた。

「ロープ、きたよ！」

「はいー！」

大きな声をかけあいながら、下松第二埠頭にいる作業員たちがロープをつかむ。

大人の太ももくらいある太いロープを、数人の作業員がひっぱるようにして運び、輪になっている先の部分を係船柱にかけた。巨大なローロー船をつなぎとめてもこわれないよう、山口県が作ってくれた係船柱だ。

ローロー船がロープを巻きあげはじめる。船がひっぱられて、岸壁によっていく。

七時四十分。さらに何本ものロープが出てきて、岸壁からはなれないようにしっかりと固定された。

しばらくするとローロー船の前方の、幅が十メートルくらいある壁が、外側にたおれはじめた。

岸壁に向かって、ななめにたおれていく。

壁の先が岸壁につくと、船にはぽっかりと大きな出入り口が現れた。壁はスロープになっていて、ここからなかに入れるようになっているのだ。

ローロー船の乗組員が準備を進めるあいだ、港運機工チームは今日の作業を確認していた。

十四人の作業員全員に、ノックダウン車を、どこにどうつむのかが描かれた図面がわたされる。

「まずさいしょに、マーフィーをおろします。」

数か月前、イギリスに運んだ車両をのせていたマーフィーがもどってきている。作業はそれをおろすことからはじまる。

班長が、つづける。

「今日、のせる完成車は六台、ノックダウン車は十二台。ノックダウン車につける車輪部分だけをのせた台車は三台。べつの台車が三台。コンテナは十一個。木箱は五個。以上！」

港にふく強い風にかきけされないように、大きな声で説明をつづける。

「今日の完成車はすべて、クラス385です。」

クラス385は、スコットランドを走る車両だ。

いままで、べつの完成車はのせたことがある。クラス385のノックダウン車ものせた。けれど、クラス385の完成車ははじめてである。

完成車とノックダウン車の、いちばんのちがいは高さだ。

ノックダウン車は、車輪がないままマーフィーにのせているため低い。

けれど完成車は、車輪がついているので、そのぶん背が高くなる。

「計算上は、入り口を通れることになっています。」

計画書を見つめていた作業員たちが、班長の顔を見る。

計算上とは、机の上で、クラス385の高さとマーフィーの高さを計算機で足した数字だ。これが、ローロー船の入り口より小さいので、通れるはずだというのだ。

「どのくらいですか？」

説明を待ちきれず、作業員のひとりがたずねる。

「四十センチ！」

班長の言葉に、作業員たちの目つきが変わった。

クラス385の屋根部分と入り口のあいだは、わずかに四十センチメートルしかない。

図面とほんものの車両はちがう。

いくら計算上で『通れる。』といっても、通れないことだってある。

マーフィーのタイヤがちょっとふくらんでいたら、あっという間に数センチはふえてしまう。車両を作るときも、マーフィーを作るときも、ここで二センチ、ここで一センチと、設計図よりも少しずつふえていることだってある。

四十センチのすきまなんて、ないも同然だ。

「クラス385のさいしょの一両目。入れるときは上、注意して。ゆっくりな。」

班長があらためて、注意をする。

「はい！」

作業員たちが、真剣な顔でうなずいた。

ひとつの傷もつけずに、イギリスまで運ぶ。日立物流のプライドにかけて、ちょっとでもこするわけにはいかない。

作業員の返事をきいた班長が、たのんだぞという表情で全員を見わたしてつづけた。

「マーフィーを船の床に専用ベルトでしばるとき、むりはするなよ。あと、船の床。でこぼこしているから、ころばないように。じゃ、標語をいってください。」

指名された若手の作業員が、大きな声を出した。

「災害は、なれと手ぬきと油断から。今日も一日、ゼロ災害！」

「よし！」

全員で気合を入れるように大きな声をあわせると、それぞれが担当する場所へと向かった。


ローロー船のスロープから、ひとりの日本人がおりてきた。

港運機工チームが手にしていた計画書を作った、船会社の人である。

一か月前から、どんな荷物をどこにおくか、ローロー船の一等航海士とメールでやりとりをしていたのだが、直接会って最終的な許可をもらってきたのだ。

「問題ありません。許可がおりました。」

「ありがとうございます。」

班長が、船会社の人といっしょに、計画書をあらためて確認している。

計画書は、重さのバランスを計算しながら作られている。このとおりにきちんとおかないと、船がかたむくので、ぜったいにまちがえることはできない。

許可はおりた。でも、つみこみ作業は、まだはじまらなかった。

作業員たちは、潮がひくのを待っていた。

潮が満ちていると海面が高くなる。ローロー船の床の位置も高くなる。すると、ローロー船から岸壁にかけているスロープの角度がきつくなるのだ。

ノックダウン車や完成車をのせたマーフィーをおすのは、タグマスターと呼ばれるフォークリフトに似た特殊車両。スロープの角度がきつすぎると、タイヤがすべって上がれないのである。

「今日の満潮、何分だっけ？」

タグマスターの運転手がたずねる。

「九時十分。干潮は午後三時二十三分。いまは、八時五十五分。」

港とローロー船をつなぐスロープを上がって、荷物を運びいれる。

となりにいた作業員が、計画書のわきに書かれている満潮と干潮の時刻を見てこたえる。

「九時半ごろかな。」

九時半まで待てば、潮がひいて海面が低くなり、タグマスターが上がれる〝八度〟まで、スロープの角度がゆるやかになるはずだ。

作業員たちは、時間がきたらすぐに車両をつみこめるよう、準備を進めていた。

九時半になった。

「八度ちょうど！」

スロープの上に、角度をはかる水平器をおいて調べていた作業員が、大きな声で伝える。

作業がはじまった。

タグマスターが、スロープを上がってローロー船のなかに入り、イギリスからもどってきたマーフィーをひっぱりだす。

船のなかが、からっぽになったところで、つみこみ開始だ。

「木箱からねー！」

さいしょに、小さな木箱や、背の低いコンテナを、船の奥のほうに入れていく。

それが終わると鉄道車両のつみこみがはじまった。

「車両、いくよー！」

ノックダウン車がのったマーフィーを、タグマスターがおしていく。前からひっぱると船内の奥の壁までぴったりとよせられないので、船につむときはこうやっておしていくのだ。

しかし、こうするとタグマスターの運転手は、前がよく見えない。

運転手の目のかわりになって指示を出すのは、マーフィーの前を歩く誘導役の作業員だ。

「ゆっくりー、ゆっくりー。いいよー。」

「右に十度、きって。はい、いいよー、ゆっくりねー。」

会話ができる小さな無線機を使って、小声でつぶやくようにいうと、そのまま運転手の耳にある無線機に伝わるようになっている。

運転手は誘導員を信じて、いわれたとおりにハンドルやアクセルの操作をしていく。十度といわれても、分度器できっちりとはかった十度ではない。なんとなくである。

『二、三度きって。』

といわれることもある。そのときは、ほんの少しだけきるという意味だ。なんどもいっしょに仕事をしているので、このあたりは、おたがいの考えていることがよくわかっている。

さらに、マーフィーのまわりには、四人の作業員たちがいた。船内には柱が何本もある。床にはロープが落ちていたり、人がころんでいるかもしれない。彼らは、タグマスターがぶじに進めるようにまわりを注意して見ているのである。

一両、二両、三両。ノックダウン車がつみこまれていく。

そして四両目。

クラス385の完成車の順番になった。

「よっしゃ、いくよ。」

誘導員の大きな声に、タグマスターの運転手とまわりの作業員がうなずく。

ノックダウン車のときとおなじように、ゆっくりとスロープをおしていく。

入り口の前にきた。

「はい、ストップ！」

「かくにーん！」

作業員たちが上を見あげて、クラス385の屋根と入り口のすきまを確認する。担当の四人だけでなく、班長やほかの作業員たちも集まってきて、ちゃんと通れるかどうか屋根のあたりを見ている。

わずかだけれど、たしかにすきまはある。

これならいけそうだ。

だけど、このままおしていけばいいわけではない。

スロープはななめになっていて、船の床は水平だ。少し角度があるので、タグマスターがマーフィーの後ろの部分を持ちあげながら進まないと、マーフィーの下側があたってしまう。

でも、持ちあげすぎると、クラス385の屋根がぶつかってしまうのだ。

「はい、いいよー、ゆっくりね。」

誘導員の声をききながら、運転手がタグマスターを操作して、マーフィーの後ろだけを
ちょいっと持ちあげる。

まわりにいる作業員たちが、床に手とひざをつき、マーフィーの下側をのぞきこむ。

べつの作業員たちは、屋根をにらむように見つめている。

「もう、ちょい。あと二センチ。」

誘導員の指示が出る。

ほんとうに二センチ持ちあげろ、ということではない。

そのくらい、ちょこっとだけ上げろということだ。

タグマスターの運転手が上手に操作して、さらにちょっとだけ持ちあげる。

「下、オーケー！」

ひざをついてのぞきこんでいた作業員が、大きな声で伝える。

「上もいいよ！」

べつの作業員から声がかかる。

誘導員はあらためて、クラス385の左右にまわり、屋根部分のすきまをたしかめる。

さらにしゃがみこんで、スロープとマーフィーのすきまを確認する。

そして、クラス385の前にもどってくると、声を出した。

「ゆっくり前進!」

タグマスターが、クラス385がのったマーフィーをゆっくりと船のなかへとおしはじめる。

誘導員が、屋根を見つめる。

少しはなれたところからマーフィーの下側をのぞきこみつづける作業員もいる。

わずかでもあたりそうなら、すぐにタグマスターの動きをとめるためだ。

「はい、いいよー、いいよー、そのまま、まっすぐ。」

誘導員は、いつもどおりに落ちついた声で誘導していく。

この声のとおりに操作すれば、だいじょうぶだという安心感が伝わってくる。

ゆっくり、ゆっくり。そして、クラス385の完成車は、ぶじにローロー船のなかに入っていった。

　さいごの車両が、予定していた位置に、ぴたりとならべられた。

　すべてのマーフィーが、おかれた位置から動かないように、何本もの専用ベルトがかけられていく。

　図面どおり、まちがいなくぜんぶつまれたことを確認し、作業員が全員、船からおりた。

　スロープが持ちあがり、ゆっくりとたたまれていく。

　係船柱から、ロープがはずされる。

　午後五時四十五分、ローロー船は静かに下松第二埠頭の岸壁からはなれた。

　天候さえ悪くならなければ、四十五日後にはイギリスのティーズ港につくはずだ。

　ローロー船が、小さくなっていく。

　どうか、安全な航海を。

8 英国高速鉄道　営業開始

二〇一七年十月十六日。

ロンドンのパディントン駅では、日本から運ばれてきた車両のおひろめがおこなわれた。

日立製作所の笠戸事業所が作り、日立物流が運んだ新しい英国高速鉄道の車両が、いよいよ営業運転を開始する。

美しい車両が九両編成を組んで、ホームにとまっている。

みんな、新しい車両を前にして笑顔だ。

イギリスを走る、日本の鉄道車両。

作る人の思いと、運ぶ人の思いをのせて届けられた車両たちは、これから、のる人たちをもっと笑顔にしてくれるはずだ。

ケース

③

こども病院を運べ！

1 こども病院の引っ越し

「うーん。遠いな。」

日本通運の事務所で、机の上に広げた地図を見つめながら川口がうなった。

「けっこう、はなれていますね、これ。」

齋藤も、地図をにらむように見ている。

ふたりの視線の先には、『埼玉県立小児医療センター』の印があった。その印からはなれたところに、『新病院』と赤いペンで書かれた文字もある。

埼玉県立小児医療センターは、こども専門の病院である。

患者は、生まれたての赤ちゃんから十五歳くらいまでのこどもたち。

三百人が入院できる、とても大きな病院だ。

その病院が、二年後に引っ越しをすることになった。

できてから三十年以上たった建物は古く、大きな地震のときにこわれるかもしれない。

そのため、べつの場所に新しい病院をたてて、最新の医療設備をととのえ、もっといい治療ができるようにすることになったのだ。

「病院の引っ越しは、荷物が多いからな。」

診察道具や、入院するためのベッド、待合室のソファや、薬にカルテなど、数えきれないほどのものがある。

「しかも、ただ運ぶだけじゃなく、新しい病院にうつったら、すぐに診察ができるようにしないといけないですからね。」

病院は、二十四時間三百六十五日、待ったなしで患者がやってくる。入院している患者だっている。

医師たちに、治療をつづけてもらいながら引っ越さないといけないのだ。

この〝こども病院引っ越しプロジェクト〟の先頭にたつリーダーが、日本通運の川口と齋藤だった。

ふたりがいるチームは、大きなビルの引っ越しを専門におこなっているスペシャリスト集団。病院の引っ越しも、なんども成功させている。

ただ、今回は、これまでの病院の引っ越しとはちょっとちがっていた。

引っ越し先の病院が、かなりはなれているのだ。

「いままでやった病院は、引っ越し先が近かったですよね。」

斎藤が、地図から顔をあげながらいう。

「うん。病院が引っ越すときは、たてかえるときがほとんどだからね。このあいだ引っ越した病院は、わきにある駐車場に新しい病院をたてたから、となりのビルにうつるようなものだったし。」

患者は、車いすやベッドのままでもつれていける。

大きな医療機械だって、かんたんに運ぶことができる。

けれど今回はちがう。

「新しい病院まで、何キロメートルだって?」

「十キロメートル以上、ありますね。しかも、ここ。」

川口の質問にこたえながら、斎藤が地図の上を指で示す。

「新しい病院は、駅のそばです。そうとう道がこみますよ。」

渋滞すれば、運ぶ時間も長くかかる。

「片道、一時間くらいかかるかな。」

ふたたび地図を見つめながら、川口がいう。

だとしたらトラックは、往復で二時間かかることになる。荷物の出し入れに、それぞれ一時間かかるとすれば、合計四時間だ。

作業員が、一日八時間はたらくとしたら、たった二往復しかできない。

「よほどしっかり計画を立てないと、まにあわなくなるぞ。」

新しい病院は、二〇一六年十二月二十七日に開院する。

まだ二年も先の話だ。でも、あと二年しかないともいえる。

荷物とはべつに、入院患者の移送もあった。

患者の移送は、病院の医師たちがおこなう。川口たち日本通運のスタッフが、するわけではない。

ただ、川口たちは〝運び〟のプロとして、全面的にサポートをすることになっている。

片道、一時間かかるかもしれない患者移送のために、埼玉県立小児医療センターでは、特別チームを組んでいた。

医師チームのリーダーで、全体の現場責任者は、星野。

ベテランの医師らしく、話をするときはていねいでおだやかだが、川口たちに語りかける表情は真剣そのものだった。

『病院の都合で引っ越すわけですから、患者さんになにかあっては、ぜったいにいけないんです。』

病院の引っ越しは、命にかかわる話だ。

『想定外でした。』

なんてことは、万が一にもあってはならない。

いかに準備ができるかで、引っ越しがうまくいくかどうかが決まる。

プロジェクトが、静かに動きはじめた。

2 建物を確認する

二〇一五年、春。引っ越しの一年八か月前。

いまの病院と、新しい病院。

それぞれ、どんな病院なのか。運ぶ荷物はどのくらいあるのか。

それを知るために川口と齋藤は、埼玉県立小児医療センターに向かった。

埼玉県立小児医療センターは、さいたま市岩槻区にある。

まわりには田んぼが広がり、緑のなかのゆったりとしたところにたっていた。

赤い屋根の建物は、四階だて。

ピラミッドのように上にいくほど小さくなっていて、とくに四階の部分は、三階の屋根の上に小さな箱がのっているようだ。

正面玄関の前には大きなロータリーがあり、道路から入ってきたクルマがぐるりとまわれるようになっている。

その横には、何十台もとめられる大きな駐車場が、奥のほうまでずっとつづいていた。

「これなら、トラックがとめやすいな。」

川口は、持ってきたノートにメモをとる。

受付にあいさつをして、病院のなかを見せてもらう。

持ってきたマスクをつけて、歩きはじめる。風邪をひいているわけではない。これは、日本通運が決めている病院ではたらくときのルールだ。

一階は総合受付と待合室があり、小さなこどもたちや家族がたくさんいた。こどもたちがちょっと遊べるスペースもある。

奥にいくと、外来診察室があった。

一階にはほかにも、薬を出すための薬剤部。急病の患者を受けいれる救急外来。からだのなかや、血液などを調べる検査室。それに食堂。

さらに病棟もあり、九十人が入院できるようになっていた。

二階は、手術室と検査室、図書室、病理検査室と、百人が入院できる病棟がある。

三階は、病棟だけで、こちらは百十人分。

四階の小さな箱のような部分は、病院の職員が使う事務所と、医師の机がならぶ医局の部屋がある。ここにはふつうの事務所とおなじように、仕事机やいす、コピー機、棚などがあった。

一階にもどってきたふたりは、エレベータホールの前で足をとめる。

「エレベータは、ここだけか。」

そこには、三基のエレベータがあった。

齋藤が、巻き尺を使って、エレベータのなかの大きさをはかっている。

上の階にある荷物を運びだすためには、エレベータを使う。大きいエレベータがたくさんあれば、どんどん運びだすことができる。

ところが、四階だてのこの病院には、小さなエレベータが三基しかなかった。

「きびしいな。」

「使わないものから早めに一階まで、おろしておきたいですね。」

運べるものは少しずつでも運びだしていかないと、たいへんなことになりそうだ。

ふたりは次に、まだつくっている最中の新しい病院に向かった。

十三階だての建物の外側はほとんどできあがり、いまは、なかの工事にとりかかっている。

新しい病院は、さいたま市中央区にある。JRさいたま新都心駅のすぐそばだ。

まわりには国の合同庁舎や、大型ショッピングセンター、オフィスビルがならんでいる。コンサート会場の、さいたまスーパーアリーナもあった。

多くの人が行きかう、都会の中心地だ。

駅の改札を出ると、ビルの二階部分とおなじ高さの遊歩道になっていて、歩いてそのまま病院にくることができる。

だから、新しい病院の正面玄関と総合受付は二階にある。外来診察室も二階だ。

一階は、救急診療科。

三階は、検査室。

四階は、手術室と、新たに作られたPICU（小児集中治療室）がある。

新しい病院は、赤ちゃんや赤ちゃんを産むお母さんたちのための最先端の医療をはじめ、こどもたちに対応するための設備がたくさん作られている。

PICUもそのひとつだ。

事故でけがをしたり、病気の手術をしたばかりのこどもを、こども専門の医師が、こども専用の医療機械を使って治療することで、助かる確率がぐっと上がるのだ。

PICUは、日本でもまだ数えるほどしかない。埼玉県の担当者や医師たちが、こどもたちのためにどうしても作りたかった設備だ。

五階は、低体重で生まれたり、病気がある赤ちゃんのための、NICU（新生児集中治療室）。

六階は、病院の事務所。

七階は、埼玉県立けやき特別支援学校があり、八階は、埼玉県消防学校の救急救命士を養成する場所や、埼玉県立大学大学院のサテライトキャンパスなどが入る。

患者が入院する病棟は、九階から十二階に分かれていた。

十三階は、発電機などがおかれている機械室になっている。

十三階だてなので、エレベータはたくさんある。医師や看護師だけが使えるエレベータもあった。

これなら、上の階に荷物を運びやすい。

ただ、一階から十二階までいけるものと、一階から四階までしかいけないものなどがある。エレベータの大きさもさまざまだ。

川口と齋藤は、ぜんぶのエレベータの大きさをはかって、ノートに書きとめていく。

「どのエレベータを使って、どの階に運ぶのか、しっかりわけていこう。」

少しずつ、計画が作られていく。

3 道順を考える

川口たちから指示をうけた日本通運の運行担当チームは、一年以上前から道を調べていた。

引っ越しの一年前のおなじ日に決めたルートを走ってみて、ほんとうにこのルートでいいかどうかたしかめることにしているのだ。

荷物を運ぶトラックのルートと、患者の移送ルート。

それぞれ、どの道を通っていけばいいのか。

大きな机の上に、地図を広げる。

いまの病院は、北のほうにある。地図の上のほうだ。新しい病院は南。地図の下のほうにある。それぞれに赤いペンで、印がついている。

地図を見ると、何通りもの行きかたがあった。

まっすぐいくのが、いちばん近い。ただ、とちゅうまでは幅のせまい一車線の道だ。

地図の東側と西側には、それぞれ幅のひろい道がある。遠まわりになるけれど、走りやすそうだ。

「さて、どういくか。」

「荷物を運ぶトラックは、幅のひろい道が安心ですね。」

「この西側の道。ここ、三車線あって走りやすいですよ。」

このあたりを、なんども通ったことのあるベテランのドライバーが意見をいう。

荷物を運ぶルートは、西側のひろい道を通っていくことになった。

ここまでは、いつも引っ越しのときにやっていることとおなじだ。

問題は、患者の移送ルートだった。

「こども、ですよね。」

いままでの病院の引っ越しは、大人の患者がほとんどだ。

それに、引っ越し先が近かったので、歩いてでも移動できた。クルマを使うとしても、ほんのわずかの距離で、道順を考えることもなかった。

けれどこんどは、患者はすべてこどもたちだ。生まれたばかりの赤ちゃんだっている。

「クルマだと移動に一時間近くかかる。そのあいだに、病状が悪くなったらどうするんですか？」

「いっそのこと、ドクターヘリで運んでもらえないんでしょうか。」

ドクターヘリで運ぶことができれば、道順を考える必要もない。移動時間も数分ですみ、患者のためにもいいはずだ。

「だけど、当日、雨で視界が悪ければ、ドクターヘリは使えないぞ。」

「そもそも、ドクターヘリは緊急の患者のためにある。交通事故が起きたら、そちらを優先するんじゃないか？」

「新生児は、保育器などのとくべつな装置が必要なんだ。ドクターヘリに準備してもらえるのか？」

話しあっていくと、ドクターヘリを使うのはむずかしいことがわかった。

やはり、車両で運ぶしかない。

「病院に、新生児用のドクターカーが三台ある。赤ちゃんは、これを使う。」

全員が、うなずいた。

「ほかのこどもたちのために、いつものように民間救急車を手配しよう。」

民間救急車は、お金をはらって使う救急車だ。病院からべつの病院にうつるときなどに、よく使われている。車内には、ほんものの救急車とおなじように医療機械がのっているけれど、緊急走行はさせてもらえない。

「民間救急車が走りやすいのは、どの道順だ？」

「緊急走行できませんから、渋滞しない道がいいですね。」

「トラックとおなじ道順はどうなの？」

地図を見ながら意見を出しあう。

いつもドクターカーが走っているルートも参考にして、候補を四つにしぼりこんだ。

「よし、候補の道順を、ぜんぶ走ってみよう。」

運行担当チームは、なんどもクルマを走らせた。

東側の道、西側の道、まっすぐにいく道。

ひとつ手前の交差点や、ひとつ先の交差点で曲がったりしながら、いちばん早くつける道順を探す。

時間帯や曜日をかえて、もういちど走る。朝は通勤のクルマで道がこまないのか、どこの交差点で渋滞しているのか。

選んだのは、直線的に走る最短ルートだった。距離は、十一・四キロメートル。

まっすぐ南へ走り、さいごに首都高速道路にのるルートだ。

なんど走っても、この道がいちばん早い。高速道路の料金はかかるけれど、こどもたちの安全にくらべればたいした金額ではない。

患者の移送ルートが決まった。

4 何人のこどもを運ぶか

二〇一六年になった。

引っ越しまで一年をきり、埼玉県立小児医療センターでは、入院している患者をどうするか決めなければいけない時期にさしかかっていた。

何人の患者を運ぶのか。

〝どう運ぶか〟は、日本通運と相談しながらだけれど、〝何人運ぶか〟は、病院で決めなければいけない。患者のことがわかるのは、医師だけだからだ。

いま、入院しているこどもは、三百人近くいる。

医師チームのリーダーである星野が、一般小児科、小児外科、循環器科など、それぞれの病棟でたしかめると、どの病棟もいまいる患者の三分の一の人数を運びたいという。

三分の一となると、百人だ。

病院で、引っ越し特別チームの会議がおこなわれた。

医師チームリーダーの星野。看護師チームリーダーである看護副部長の松井。病院の事務リーダーの川島を中心に、数名の医師と看護師、病院職員が会議室に集まった。日本通運の川口と齋藤も、席についた。

「百人くらい。」

星野がいうと、事務の川島があわてて手を横にふる。

「そんなにはむりでしょう。」

その言葉に、星野が困ったようにいう。

「でも、みんな、患者さんですからねえ。」

となりで、看護部長の黒田がうなずいている。

こどもたちは、入院したくてしているわけじゃない。この病院で、なおしてほしいと思って入院しているのだ。できれば全員、運んであげたいくらいだ。

運ぶ患者をへらすためには、入院している患者をへらせばいいのだが、そのほかにも方法がある。

一時的に家にもどってもらうのも、そのひとつだ。外泊である。

クリスマスや年末年始は、こどもといっしょにすごしたいと、いつもより多くの家族がこどもたちの外泊許可をとる。

「ただ、状態によっては、外泊許可を出せない患者もいますからね。」

星野がいう。

こどもたちのために、どうすればいちばんいいのか。

さまざまな意見が出た。

「人数がふえれば、運ぶのに何日もかかるんじゃないんですか。」

「引っ越しをやりながらでは、治療体制を百パーセントにできませんよ。」

「あらかじめ、外泊できない患者はほかの病院にうつってもらい、運ぶ人数をへらしたほうが、患者のためにいいのではないでしょうか。」

医師や看護師たちが、真剣に話しあっている。

川口と齋藤は、なにもいわずに彼らの話をきいていた。

これは、命の話だ。

自分たちが、口を出せるものではない。

ただ、ひとつだけ決めていることがある。

こどもたちのためを思って病院が決めたことは、全力でサポートする。

「あの。」

看護部長の黒田が、小さく手をあげた。

「五月のゴールデンウィークに、兵庫県立こども病院が引っ越しをします。見学にいかせてもらえませんか。」

「それはぜひ、見せてもらいたいですね。」

星野やほかの医師たちも、うなずいている。

患者をどうやって運んでいるのか。どんなことに注意しなければいけないのか。

何人運ぶと、どういうことになるのか。

「わかりました。さっそく、兵庫県立こども病院に連絡をします。」

事務リーダーの川島が、全員の顔を見わたしながらいった。

二〇一六年、五月一日。引っ越しまであと、八か月をきった。

病院長、副院長、数人の医師と看護師たち、病院の事務職員。そして日本通運のメンバーたちは、兵庫県の神戸市にいた。

兵庫県立こども病院の、患者移送の日である。

兵庫県立こども病院が運んだこどもたちは、五十人ほどだ。埼玉県立小児医療センターが運びたいといった人数の、半分である。

ドクターカー、民間救急車のほか、ほんものの救急車も使って移送をしている。それでも、朝から夕方近くまでかかり、医師も看護師も緊張の連続だ。

見ていた医師たちは、口々にいった。

「百人はむりだ。」

「一日では、とてもじゃないけれど運びきれない。」

「病院が混乱する。なにより、こどものためにならない。」

こどもたちのために、いちばんいい方法を選ぶ。

迷ったとき、意見が分かれたときに、いつも考えるのはこの言葉だ。

兵庫からもどった医師たちは、さっそく会議をひらいた。

「目標は、五十人。そのために、入院患者を少しずつへらしていく。」

医師リーダーの星野の言葉に、病棟を担当する医師たちがうなずいた。

「ひとりの患者が入院する平均日数は、二週間ほどです。移送する日の少し前から、とくべつなケースをのぞいて、入院の受けいれを中止していきましょう。」

「手術をした患者は、集中的な入院治療が必要になりますから、手術は患者移送日の十日前までとします。」

緊急の手術が必要な患者は、ほかの病院へいってもらい、時間によゆうがあるのなら、新しい病院にうつってから手術を受けてもらうのだ。

医師たちが、どうすればいいか案を出していく。

「うちの病棟は……。」

血液・腫瘍科の医師が、発言する。

血液・腫瘍科は、白血病など血液のがんのこどもたちがいるところだ。

一年以上、入院しているこどもも多い。

「もし、ご家族が、外泊させるのはこわいということなら、患者にあった治療ができるほかの病院を紹介して、うつってもらうようお願いします。」

医師たちが、真剣な顔でうなずいた。

やっとここでの入院生活になれてきたときに、病院をうつってほしいとお願いするのはつらい。

けれど、自宅に近いとか、おなじ治療がつづけられるなど、患者や家族が安心できる病院があれば、そのほうがいいかもしれない。

「ご家族は不安です。少しでも安心していただけるよう、十分な説明をしていきましょう。」

星野の言葉に、全員がうなずいた。

ただ、出産だけはどうにもならなかった。赤ちゃんに『今日は生まれてくるな。』とはいえない。

NICUでは、生まれたばかりの赤ちゃんを移送しやすいようにドクターカーの改良をすることになった。

運ぶ患者をへらす。

血液・腫瘍科の副看護師長、野口は、家族説明会をひらくことにした。

治療をするのは医師だが、入院中の患者の生活に気をくばり、家族をささえるのは看護師だ。

「不安なことは、なんでもきいてください。」

説明会の前にアンケート用紙をくばり、説明会でなにを知りたいのか教えてもらう。

なにが不安なのか、なにに困っているのか。

わからないことが、いちばんこわい。

家族が不安になれば、こどもの治療にもよくない。

ただでさえ、血液・腫瘍科の患者は治療の期間が長く、家族のストレスも大きいのだ。

しかも、病院の引っ越し。

よりよい治療をと願ってこの病院にきたのに、べつの病院にうつれといわれたり、家で生活できないから入院しているのに、しばらく家ですごしてくださいといわれても、困るのは当然なのだ。

看護師たちは、説明会をひらくだけでなくパンフレットを作り、どの看護師がなにをきかれても、きちんとこたえられるよう勉強していった。

5 具体的な計画

二〇一六年五月、ゴールデンウィークあけ。

引っ越しまで、あと七か月半。

兵庫県立こども病院の見学を終えたあと、病院のすぐわきにある病院職員のための寮の一室に、日本通運の作戦基地ができた。年末に向けて、本格的に作業がはじまるのだ。

川口と齋藤は、運ぶ荷物の数を確認しはじめた。

机、いす、棚、ベッド、シーツやタオル、本、カルテ、薬、大型の医療機械……。文房具など小さなものは段ボール箱に入れて、ひと箱として数える。

いままでは、だいたいの数だったけれど、今日からは、なにがいくつあるのかひとつずつ調べて、一覧表にしていくのだ。

すべての数がわかると、運ぶのに何日かかるかわかる。

次に、新しい病院に運んだものを、箱から出して使えるようにするのに、何日かかるのかを計算する。

机の引きだしにあった文房具や書類は、もとどおりに入れる。紙のカルテはすべて、棚にならべる。手術室で使うメスやはさみは、すぐに使えるように棚のなかにならべ、手術室のなかはしっかりと消毒をする、などなど。

ぜんぶで何日かかるかがわかると、開院日から逆算して、この日までに運びださなければまにあわないという日が出てくるのだ。

運んだあと、とくに時間がかかるのは、MRIなどの放射線を使う検査機械だった。コンピュータですべて管理されているので、新しい病院に運んだあと使えるようにするまで一週間かかる。しかも使う前には、保健所の人にきてもらって、『使ってもだいじょうぶです。』と証明してもらわないと使えない。

運ぶものは、ぜんぶで二万点を軽くこえた。三百人が入院できる病院ということは、ベッドだけで三百台あるということだ。

点数が多いのは、こども病院ならではだった。

たとえば体重計は、赤ちゃん用と幼稚園くらいのこども用では、かたちも大きさもまるでちがう。車いすも、松葉杖も、こどもの身長がちがえば大きさだってちがう。

こども病院には、こどもの成長にあわせた、さまざまな大きさのものがあるのだ。

川口と齋藤は、医師や看護師に、物品移送チームを作ってもらい説明会をくりかえす。すべての病棟をまわって話をききながら、十二月まで使うものか、来年まで使わないので、もう運んでいいものなのかをたしかめて運ぶ順番を決めていった。

夏が終わりかけ、引っ越しまで四か月になっても、何人の患者を運ぶことになるのか、まだまったくわからなかった。

『目標は五十人以下。』

医師たちはそう決めたけれど、できるだけ自分で治療してあげたいという気もちがつきまとう。

入院患者は、なかなかへる気配を見せなかった。

ただ、何人になろうと、川口たちがやることはおなじだ。患者がぶじに新しい病院にうつれるようにするだけである。

一台の車両に、患者はひとりしかのせられない。

川口は、患者を五十人ということにして、患者移送計画を立ててみた。

病院を出て、新しい病院について患者をおろし、ふたたび病院にもどってくるのに、約二時間とする。

三台のドクターカーのほかに民間救急車を七台用意してぜんぶで十台。一台が五人の患者、つまり五回運ぶとしたら、かかる時間は約十時間だ。

朝七時にはじめても、終わるのは十七時。

これでは、運転手や車両にのる医師たちの、昼食やトイレにいく時間がまったくない。

だとしたら、一台の車両にのる医師と看護師ペアを二班作ってもらい、午前と午後で交代させたらどうだろうか。でも、運転手はどうなる？　もうひとり手配できるのか？

とりあえず計画表の案を作って、病院で見てもらったら、

『患者を病室から一階におろすのに、こんなに短い時間ではできません！』

と、叱られた。

おりてくるまで、二十分かかるという。大人の患者と、こどもの患者では、こういうところもまるでちがっていた。


「うーん。」

川口が作戦基地で、夜遅くまで作業をしていると、齋藤がもどってきた。

「どうですか？　患者、運べそうですか？」

「五十人でもぎりぎりだよ。」

「民間救急車、ふやしますか？」

「そうしないと、むずかしそうだね。」

齋藤が、川口の作った計画表をのぞきこむ。

すべての車両が一分ごとにどう動くのか、びっしりと書かれていた。

もしも、五十人の患者を運ぶために、五十台の車両があれば、それぞれ一回、運ぶだけですむ。

でも、車両には、医師と看護師にのってもらわなければいけない。五十人ずつ、車両にのってしまったら、送りだすときや新しい病院で受けいれるときの人が足りなくなってしまう。

患者は、何人になるのか。

何台の車両を使うと、いちばん安全にこどもたちを運べるのか。

川口が、コンピュータで、さまざまなパターンをたしかめていた。

一方、医師たちも、思ったよりも入院患者の数をへらせないことに、不安を感じはじめていた。

「まわりの病院、だいじょうぶでしょうか。」

医師のひとりが、リーダーの星野にたずねる。

「二百人以上の患者を、まわりの病院に受けいれてもらうことになります。入院用のベッドは、足りるんでしょうか。」

入院するベッドが患者でいっぱいになったら、それ以上は受けいれられない。

それでも、ぎりぎりいっぱいまで、なんとか受けいれてもらいたい。

「病院長から、まわりの病院に手紙を書いてもらいましょう。」

これは、何十年にいちどの緊急事態。こどもたちの未来にかかわる問題なのだ。なんとか協力してもらいたい。

病院長が手紙を送ってしばらくすると、まわりの病院から連絡が届きはじめた。

『できるかぎり協力する。』

力強い言葉が、そえられていた。

こどもをまもりたいという思いは、どこの病院もおなじだ。

大きな病院の引っ越し。

地域全体の病院、医師や看護師たちに、ささえられていた。

6 リハーサル

秋の気配が深まってきた。

開院日の十二月二十七日は、患者を移送する日でもある。病院では、移送のリハーサルの準備が進められていた。

いくら念入りに計画を立てても、やってみるとうまくいかないところが出てくる。なにが、うまくいかないのか。どうなおせばいいのか。

本番とおなじようにやってみて、ダメなところを見つけるのだ。

リハーサルは、二回やることになっていた。

一回目は本番の約二か月前の、十月二十六日。まず、病院のなかの患者移送チームが参加する。

二回目は一か月前の、十一月二十七日。こちらは、本番さながらの全員参加だ。

一回目のリハーサルの前夜、日本通運の川口と齋藤は作戦基地で、翌日のリハーサル用の移送計画表を作っていた。

この計画表のとおりに医師、看護師が動き、車両が新しい病院に向かって出発すると、こどもたちがうまく運ばれていくはずだ。

作戦基地の呼び鈴が鳴った。現れたのは、病院の事務リーダーの川島だ。

「これ。おそくなってすみません。たのまれていた、医師と看護師のリストです。」

計画表に医師たちの名前を入れようと思って、たのんでいたものだ。

民間救急車とドクターカーにのる医師と看護師のリストは、医師リーダーの星野が作ってくれていた。

「うわ、すみません、わざわざ。連絡をいただければ、とりにいったのに。」

いやいやと手をふりながら、川島が川口たちの顔を見る。

「こどもたちのためですからね。とくに、入院期間が長くて院内学級に通っているこどもたちは、たいへんな治療をしていてつらいはずなのに、みんな前向きで、しかも明るいんですよ。こっちのほうが元気をもらっちゃってね。あの子たちのためにも、がんばらないとね。」

川口も齋藤も、それはいつも感じていた。

病院のなかを歩いていると、たくさんのこどもたちを見かける。

あどけなく、愛らしいこどもたち。けれどみんな、病気やけがとたたかっているのだ。

ぶじに運んであげたい。

少しでも、からだに負担のないようにして、新しい病院にうつってもらいたい。

「よし、これだけやっちゃいますか。」

「じゃあ、わたしが読みあげていきますよ。そのほうが、早く終わりますから。」

「いや、そんな。」

川口はことわろうとしたが、川島はリストを持って川口のむかいのいすに座る。

「川口さん、明日、晴れそうですね。うまくいくといいですね。」

「ええ。がんばりましょう。」


二〇一六年十月二十六日。引っ越しまで、あと二か月。

第一回リハーサルの日は、青空が広がる気もちのいい秋晴れになった。

このリハーサルで、ストレッチャーにのるのは、医療用の人形だ。

それでも、ほんもののこどもとおなじように、呼吸器や心電図などの医療機械がつながっている。

朝のミーティングには、真剣な表情で参加する医師、看護師や保育士たち、ぜんぶで四十人ほどの姿があった。言葉で気もちを伝えられない赤ちゃんやこどもたちの、動きや表情をよみとりながら、しっかりと運んであげたいという気迫が伝わってくる。

リハーサルがはじまった。

患者を担当する医師と看護師のほかに、ストレッチャーのまわりには、気になるところを確認する担当者が何人もつく。

日本通運の担当者も、ストップウォッチで移動の時間をはかったり、看護師たちにいわれたらすぐにメモがとれる筆記具を持って、そばについている。

病室のベッドから、人形をストレッチャーにのせかえる。医療機械をたしかめてから病室を出て廊下を進み、エレベータで一階までおりる。

一階についたら、民間救急車が待っている正面玄関に向かう。

いつも、救急車が使っている救急用の出入り口ではない。正面玄関からストレッチャーを運びだすのは、はじめてだ。

人形をのせたストレッチャーをおして、民間救急車にのせようとしたときだ。正面玄関の前の歩道と車道の段差で、ストレッチャーが大きくゆれた。

「けっこうな段差ですね、これ。」

「ここに、スロープつけてくださーい。」

看護師たちがいうと、日本通運の担当者が、すぐにノートに書きこんでいく。

スロープを手配するのは、日本通運の役目だ。

「救急車、後ろ向きにとめたほうが、ストレッチャーをのせやすくないですか？」

新たな意見が出る。

民間救急車は、車道に平行になるように横向きにとめていたのだ。

「救急車が後ろ向きなら、ストレッチャーをおしてきたときにそのまま、まっすぐ入れられますよね？」

「やってみましょう。」

その場で、民間救急車の位置をなおす。

ところが、後ろ向きにするとエンジンの排気ガスが、正面玄関から病院のなかへ入ってきてしまうことがわかった。車内をあたためたり、医療機械を使う電気を作るため、エンジンは止められないのだ。

「これ、ダメだわ。」

「やっぱり、横向きでお願いします！」

やってみるとわかることが、たくさんある。

終わったあとは、ミーティングだ。なおしてほしいところを出していく。

「エレベータを呼んでおいてもらえると、すぐのせられると思います。」

「エレベータの扉がしまらないように、だれか、おさえておいてもらえませんか。」

意見が、どんどん出される。

「当日は、十二月だから今日より寒いですよね。正面玄関を出てから救急車にのるまでのあいだ、寒さ対策をできませんか？」

「病室を出たときや、エレベータにのせたときなどの時刻を、無線で本部に報告をしていますが、これ、医師でなくてもできる仕事なので、ほかの人にやってもらいたいのですが。」

ぜんぶの意見が出たあと、川口がマイクをにぎった。

「いただいた意見は、すべて検討します。玄関を出てから、救急車までのあいだには、カバーをつけてあたたかくできるよう工夫してみます。」

全体ミーティングが終わったあとは、日本通運のミーティングだ。

まず、エレベータ係をつけることにした。エレベータを呼んだり、ドアをおさえたり、医師や看護師がなにも気にせずエレベータにのりこめるよう助けてあげる人だ。

さらに、車両にのる医師と看護師に、アシスタントをつける。無線の連絡をしたり荷物を持ったり、ちょっとしたことを手伝うためにそばにいてなんでもやる、〝なんでも係〟だ。

寒さ対策は、大型のテントをはり、なかをストーブであたためることにした。

次は一か月後。今日よりも多い人数が参加する。

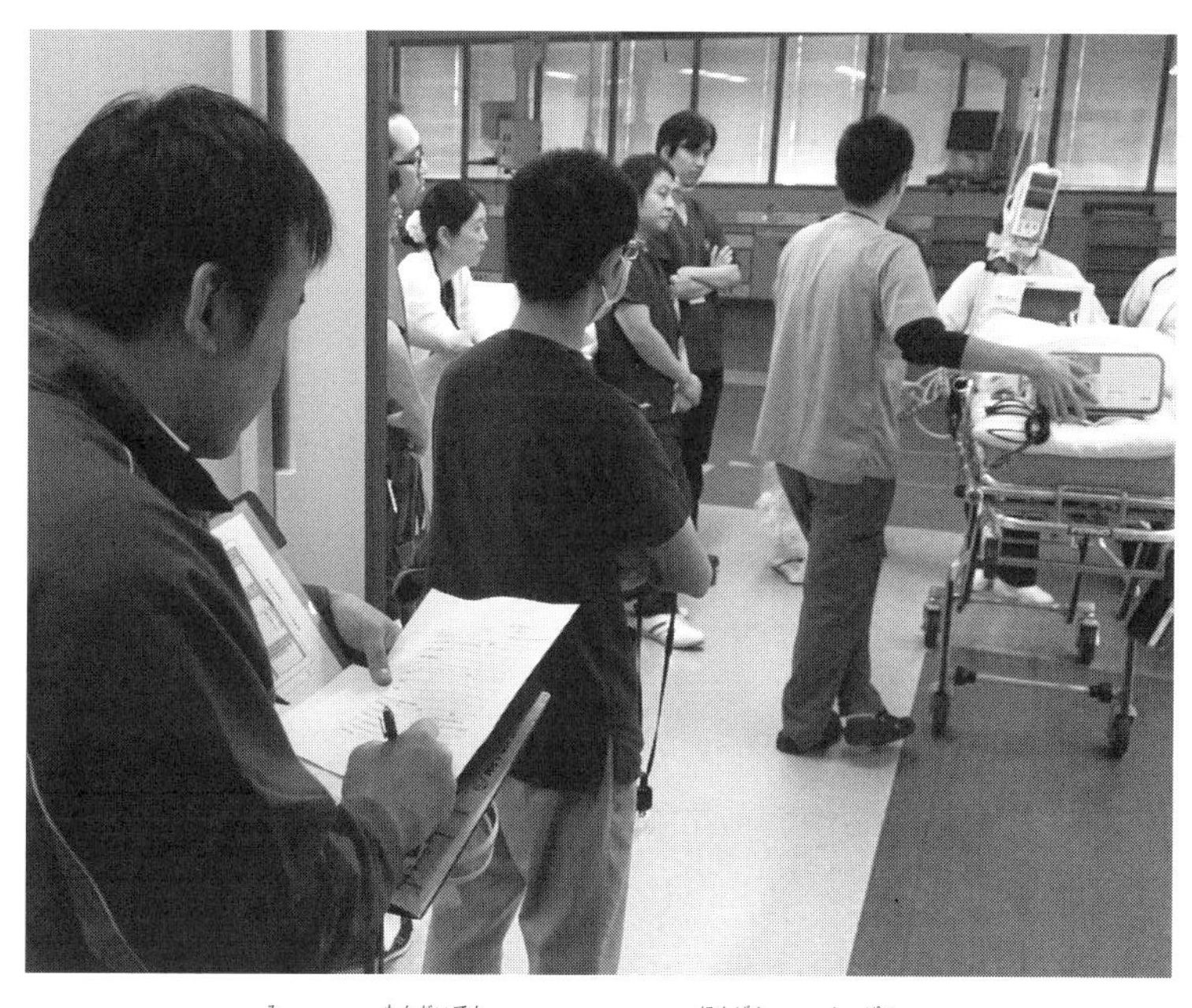

リハーサルで見つけた問題点をメモしていく。本番では失敗はゆるされない。

7 荷物のおくれ

二〇一六年十一月。

物品を集中的に移転する日は、患者移送日の四日前の十二月二十三日に決まった。開院日まで二か月をきった十一月に入ると、外来診察のない週末に、荷物の運びだしがはじまった。

もう使わないものは、どんどんうつしていく作戦である。

そしてこのころ、トラブルも出はじめていた。

新しく買ったはずの荷物が、届かないのである。

病院が新しくなるのにあわせて、待合室で使うソファや、もう何十年も使ってきた机や棚を、新しくしようということになっていた。

新しく買ったものは、十月のうちにすべて新しい病院に運びいれてしまおうと思っていたのだが、思うように荷物が届かない。とくに、たくさん買ったはずの棚は、まだひとつも届いていないのだ。

「あの、棚が届かないいんですが、どうなっていますか？」

齋藤が、病院事務の購入担当者に確認する。

「すみません。まだ、買っていないんです。」

なんと、買ってすらいないのだ。これでは届くわけがない。

「そうですか。いつごろになりそうですか？」

齋藤がおどろきをかくしながら、たずねると、

「それが、買うかどうかまだ決まっていないんです。」

「！」

病院の担当者が、申しわけなさそうにいう。

患者や家族が座るソファなどは、新しいものを買って、気もちよくすごしてもらいたい。でも、まだ使えるものは使っていこうと見なおしをはじめたということだった。

齋藤たちが困るのは、買うか買わないか、決まっていないことだった。

買うのなら、いま使っているものは、このままいまの病院においておけばいい。

でも、買わないなら、新しい病院に運ばなければならない。そこでやっぱり買うとなれば、運んだあとで入れかえることになる。

作業は二倍になるのだ。とはいえ、やるしかない。

ところが、棚だけではなかった。

「パソコン机が、ありません！　パソコンだけ運ばれてきましたが、どこにおきますか？」

「いまの病院から、古いパソコン机を探して運んできて！」

「医学書の入った段ボール箱が五十個、届きました。本棚にならべたいんですが。」

「新しい本棚を買うかどうかわかないから、古い本棚を運んできてならべて。新しいのがきたら、ぜんぶならべかえて！」

あちこちで、こんなことが起きていた。

それだけではない。

「この書類の入った段ボール箱は、どこにおきますか？　予定の部屋に、入らないんですけれど。」

齋藤が見にいくと、予定していた部屋がべつの荷物でいっぱいになっている。新しく買ったものが届いたら、古いものを捨てなくてはならない。けれど、捨てるまでのあいだの荷物がおしこまれているのだ。

段ボール箱をよく見ると、重要書類の印がついている。

なくしたらたいへんだ。

図面を見つめ、カギのかかる部屋をあわてて探して運びいれる。とりあえず運んだけれど、またあとで運びなおさなければならないだろう。

届かない荷物トラブルのほかに、おく予定だった場所に、おけないトラブルも起きていた。

医師や看護師、病院の職員たちは、新しい病院ができあがる前になんども見学をし、図面を見ながら、机や棚、ロッカーなどをどこにおくか決めていく。

日本通運は、机や段ボール箱にはられた『この部屋の、ここ。』という住所のような指示を見て運び、ならべていくのだが、指示どおりにいかないことがたびたび起こる。

「ロッカーをここにおくと、部屋の電気のスイッチが使えなくなるんです！」

位置を決めるときに、スイッチを見落としていたのだろう。

「机が大きすぎて入りません！」

机のサイズを調べて場所を決めてもらったはずなのだが、どうしても入らない。そのたびに、おく場所を変える。ものを右へ左へと動かす。

予定が、ずれこんでいく。

こんな調子で、開院日の十二月二十七日にまにあうのか？

外泊しているこどもたちがもどってきたときに、ちゃんと病室に入れるのか？

医師や看護師が診察しやすいように、ととのえられるのだろうか？

齋藤が、新しい病院でてんてこまいになっているあいだにも、週末になるたびにいまの病院から、荷物が次から次へと運ばれてくる。

検査のときに使うガラスの容れ物のシャーレや、うすいガラスの板のプレパラートなどのこわれやすいもの。手術のときに使うメスなどの刃物。千三百種類以上ある薬や、個人の情報がびっしりと書かれているカルテ……。

「それをこっちで、これをあっちに！」

荷物の山が、巨大なパズルのように見えてきた。

8 たくさんの人たちの協力

運ぶ患者の数は、ついに五十人まであと少しというところまできた。

荷物がたいへんなことになっているけれど、患者移送もしっかりやらなければならない。

川口が、民間救急車を何台、用意するか考えていると、事務リーダーの川島から連絡がきた。

「救急車に、協力してもらえそうです。」

「ほんとうですか?」

ほんものの救急車だ。なかには、医療機械がぜんぶそろっている。しかも、緊急走行ができる。

「PICUの植田医師が、消防に相談してくれたんです。」

新しい病院ができる前から植田は、PICUがいかにたいせつな役割を果たすのか、救急隊に説明をしてまわっていた。

市民からの一一九番通報で救急隊が患者のもとにいったとき、危険な状態のこどもたちであれば、すぐにこの病院に運んでほしいと伝えていくうちに、信頼関係ができてきたのである。

救命救急は、救急隊と病院のチームプレイだ。

おたがいを知り、信頼しあうことで、一秒をあらそう命を救える。

植田は、五月に見学にいった兵庫県立こども病院で、ほんものの救急車が使われているのを見ていた。だったら、さいたま市消防も協力してくれるかもしれない。そう思っていたのである。

あらためて、病院長から消防にたのんだところ、さいたま市だけでなく、川口市、蓮田市、さいたま赤十字病院から協力すると返事があったようだ。

「でも、救急車が何台もいなくなったら、市民になにかあったとき、困るんじゃないですか。」

「いえ、現場にいる救急車ではなく、非常用の救急車があるんです。それで体制を作ってくれるそうです。ぜんぶで七台。ただし、万が一、当日、大災害が起きたらこられなくなりますが。」

川島は、まさか大災害は起こらないでしょう？　という顔で、川口と齋藤に説明する。

そもそも、大災害など起きたら、患者移送は延期だ。

救急車が、七台もきてくれるのだとしたら、民間救急車は五台ほど手配すれば、なんとかなりそうだ。

数日後、川島がまた、すごい話をもってきた。

「埼玉県警が協力してくれることになりました！」

「えっ？」

「病院長が埼玉県庁で説明をしたところ、県警がパトカーを出してくれるというんです。緊急走行のできない民間救急車を先導してくれるそうです。」

川口と齋藤は、目をまるくする。

パトカーが先導してくれるなど、きいたことがない。

埼玉県警の協力は、それだけではなかった。

新しい病院にいくまでのあいだにある交差点の信号を、コントロールしてくれるというのだ。

「交差点で、とまらずにいけるようになりますよ。」

川島が、おどろきと笑顔のいりまじった顔で川口たちに説明する。

「すごいな、埼玉県。」

「ええ。これでこどもたちが、いっそう安全に運べます。」

「あと一息、がんばりましょう。」

十一月二十七日、日曜日。

本番の、ちょうど一か月前になった。

二回目の患者移送リハーサルの日である。

前回の倍以上の人数が、会議室にびっしりと集まった。本番当日、車両にのる医師たちも、全員が参加している。

NICUにいる赤ちゃんは、NICUの医師たちがドクターカーで運ぶ。救急車と民間救急車は、患者を担当する医師がのる車両のほかに、救急やPICUの医師たちがのる車両もあった。運んでいるあいだに、患者の容体が急変したときは、彼らのほうが対応できるからだ。

この日は、ドクターカー、二台。民間救急車、五台。マイクロバス、一台。さいたま市消防の救急車も一台、参加した。

埼玉県警のパトカーも二台きて、民間救急車の誘導のやりかたをたしかめている。パトカーは先導するだけでなく、民間救急車をはさむように、後ろにもついてくれることになった。

一回目のリハーサルで、なおすところはほとんど出たと思っていたのに、二回目をやってみると、細かな部分で、うまくいかないことがたくさん出てきた。

リハーサル後のミーティングでは、また、多くの意見が出る。

「点滴や人工呼吸器などの医療機械を、車両にのせなければいけないんですが、どの病棟から持ってくるんですか？」

「病院の奥にいくと、無線がきこえにくいんです。なんとかなりませんか。」

無線連絡は、こどもたちの動きを知るための命綱だ。

これは、なんとかしなくてはならない。

さらに無線連絡は、正確さももとめられた。

「決められた場所を通過したときに、無線で連絡しますよね。たとえば、『エレベータにのりました。』というのは、エレベータがついたときですか？　それとも、エレベータにのったとき？　それとも、ドアがしまったとき？」

「そこ、たいせつですよね。全員がばらばらにいっていたら、少しずつ時間がちがってしまう。」

「『救急車が病院を出ました。』というときも、救急車が走りはじめたときなのか、病院の敷地から車道に出たときなのか。はっきりさせましょう。」

話しあったすえ、エレベータはドアがしまったとき、救急車は、病院の門を出たときに連絡することになった。

そして、『正面玄関を出たところが寒い。』といわれた部分。

川口たちは大型のテントを用意して風をふせぎ、なかで石油ストーブをたいてみた。

あたたかくはなったのだが、これが不評だった。

「くさい。」

石油ストーブは電源がなくても使えるけれど、石油がもえるにおいがするのだ。

しかも、テントがせまくて頭がつかえるという。

「ほかの方法を考えてください。」

いちからやりなおしだ。

しかし、まだなおせる。もっといい方法を探すことができる。

わずかな思いちがいや不満が、あせりや不安につながるのだ。

小さいミスがつみかさなると、大きなミスをひきおこす。

すべて、つぶしていかなくてはいけない。リハーサルのうちに、うまくいかないところを見つけて、なおしきらなくては。

次はリハーサルではない。

本番なのだ。

9 あと一か月

十二月になった。

週末になるたびに、荷物が運びだされていく。

そして、患者移送日まで、あと一か月をきった。

この時点で、看護師たちは、ふたつの班に分かれることになった。

新しい病院班と、いまの病院班だ。

新しい病院班は、運ばれてきた荷物をすぐに使えるように準備をする担当。いまの病院班は、入院患者を担当しながら運びだす荷物をつめていく担当だ。

入院している患者は、十二月二十七日に新しい病院にうつる。

新しい病院についたときに、荷物があちこちにちらばっていたら看護はできない。荷物は、日本通運が運んだあとに棚や引きだしに入れてくれるとはいえ、それだけでは看護の態勢がととのったとはいえないのだ。

いくら入院している患者がへってきたとはいえ、ふたつの班に分かれれば、看護師の数は半分にへる。とくにいまの病院班は、こどもたちを担当しながら引っ越しの準備だ。正直なところ、患者とその家族に向きあうのでせいいっぱいで、引っ越しの準備をやる時間などほとんどない。

自分たちの荷物を、運ぶしたくなどできるはずもなかった。

「患者さんを第一に。荷物はあとでも、なんとかなる。」

いまの病院班では、そんなムードがただよっていた。

医師たちも、荷物をどうするかで頭をなやませていた。

診察のときに使うものは、日本通運がつつむところからやってくれる。

でも、医局の部屋の、自分たちの机の上につみあげられている書類や、棚のなかの荷物は、段ボール箱に入れないと運んでもらえない。

医師チームのリーダー、星野は、夜中に医局の部屋にある自分の机を見てため息をついた。

埼玉県立小児医療センターにつとめて二十九年になる。そのあいだに、たまりにたまった荷物は、ものすごい量だ。

今週も毎日、患者の診察がある。

さらに、患者の家族に引っ越しや外泊について説明する時間もいる。

引っ越しの現場責任者としての、役目も果たさなければならない。

患者移送の車両に、どの医師と看護師にのってもらうかのリストは、ほとんど毎日、作りなおしだ。

一日があっという間に終わり、帰宅するのは毎晩、深夜になる。

自分の机のかたづけなど、できるわけがない。

『星野先生、だいじょうぶですか？』

あまりにも進まない箱づめに、ついに日本通運の川口たちにも心配されるほどだ。

物品集中移転日の十二月二十三日まで、あと三週間。

星野はもういちど、小さくため息をついた。

10 カウントダウン

二〇一六年十二月二十二日。

ラジオから、周辺を走るクルマの運転手に呼びかける声がきこえてきた。

『今週二十七日、水曜日。埼玉県立小児医療センターの新病院への移転にともない、患者の移送で緊急車両が通ります。渋滞の可能性がありますので、できるだけほかの道を通ってください。』

患者移送ルートが渋滞しないよう、埼玉県庁の担当者が手配してくれたのだ。

病院のまわりには、移送日であることを知らせる看板も立った。

そしてこの日は、この場所で三十三年九か月のあいだ、こどもたちを見まもってきた埼玉県立小児医療センター、外来診察の最終日でもあった。

さいごの患者の診察が終わる。

入院していた患者の多くが、外泊するため病院をはなれていく。

こどもたちは、家に帰れると大よろこびだ。

でも、そばにいる家族は、クリスマスや正月をいっしょにすごせるうれしさと、医師や看護師のいない自宅にもどる不安がいりまじった表情をしている。

「なにかあったら、すぐに連絡をくださいね。」

看護師たちが、家族の一人ひとりに声をかけていた。

こどもたちがいなくなった病院。

医師、看護師、職員のあいだに、一抹のさみしさがやってくる。

これまで出会ったたくさんのこどもたち。

退院していくときの笑顔。

赤ちゃんの泣き声。

さまざまな光景が思いだされる。

来年からここは、埼玉県立小児医療センター附属岩槻診療所として、入院設備はなく、外来診察だけをおこなう場所に変わる。

けれど、さみしい思いにひたっている時間はない。

明日は、荷物の集中移転日なのだ。

十二月二十三日。

物品集中移転日。

たのんだ荷物が届かない、おく場所を変更しなければならないなど、新しい病院ではあいかわらずいくつものトラブルがつづいている。

今日の物品集中移転日までに、少しでも荷物を整理しておき、万全の受けいれ態勢にしておくはずだったのだが、とんでもない。

でももう、待ったなしだ。

むりやりでも新しい病院に運びこみ、なんとかしなければ十二月二十七日の開院にまにあわない。

病院の建物のまわりには、朝から引っ越し用のトラックがずらりとならんだ。

たくさんの作業員がてきぱきと動きまわり、正面玄関、救急用の出入り口、建物の裏にある出入り口から、手ぎわよく荷物を運びだしていく。

ベッド、机、いす、棚。そして、大量の段ボール箱。

十一月から運んだものもふくめ、段ボール箱の数は、二万五千個をこえている。運んだ荷物はぜんぶで、四トントラック四百五十台分だ。

昨日まで、こどもたちを診察していた機械は、作業員がきれいにつつみ、運びだしていく。

レントゲンやMRIなどの、大きくて重い機械も運びだしだ。

とくにMRIは、大仕事になった。

以前、齋藤が大きさを調べてみたところ、MRIは、部屋の扉よりも大きかったのだ。入れるときは、壁に穴をあけて入れたらしい。となると、出すときも壁をこわすしかない。

重機が、大きな音をたてながら壁をこわしていく。

あいた穴から、医療機械を運ぶ専門のチームが、みごとな職人技で運びだしていく。

一日で、ほとんどの荷物が運びだされた。

病院のなかは、がらんどうで、ここがなんの建物だったのか、わからないくらいだ。

病院で使われる重い医療機械を、すばやく運びだしていく。

けれど、まだ、ここが病院だとはっきりわかる場所がある。

四日後の、患者移送を待つこどもたちのいる部屋だ。

ぜんぶで、三十六人のこどもたち。

NICUでは、とうめいな保育器のなかで、生まれたばかりの九人の赤ちゃんが、ぱたぱたと小さな手足を動かしている。

全員が、担当の医師と看護師に見まもられ、その日を待っていた。


齋藤は、移送計画表を作りなおしていた。

患者の人数や、病状が変わるたびに、車両や順番を入れかえるのだ。

ただ、最終的な人数が、まだ決まりきっていなかった。

血液・腫瘍科のこどもの状態が、すぐに変わるのである。

「すみません。だいじょうぶだと思っていたんですけれど、昨夜、急に体調が悪くなって。」

副看護師長の野口が、申しわけなさそうに連絡をしてくる。

こどもは、いきなり熱が出たり、おなかをこわしたりする。体調が悪くなれば、外泊させるわけにはいかないのだ。

ただ、こどもたちは、クリスマスを家ですごすことをほんとうに楽しみにしている。

クリスマスのために、つらくてたいへんな治療を、がんばってうけてきたのだ。

できれば、家に帰してあげたい。

「野口副師長、あやまらないでください。患者さんの具合が最優先ですから。」

齋藤は、そうこたえる。

こどもにとって、どうするのがいいのか。

移送する人数が決まらないのは、医師たちが、ぎりぎりまでそのことを考えているからだ。

「だいじょうぶですよ。」

齋藤は、あやまる野口に、もういちど笑顔でいう。

この病院を担当して、もう二年近くになる。

こども病院ならではの、医師や看護師のたいへんさは、わかっているつもりだ。

そして、患者のこどもたちが、どれだけがんばっているのかも。

こどもにとって、いちばんいい方法を選ぼうとする医師たちを、全力でサポートする。

さいごまで、その気もちは一ミリも変わらない。


十二月二十六日。患者移送日前夜。

患者の人数は、三十五人で決定した。

赤ちゃん、九人。呼吸器が必要なこども、五人。呼吸器をつけないこども、二十一人。

齋藤は、明日の本部になる会議室にいた。

本部には机がならび、奥には、大きなテレビのモニター画面がある。

モニター画面のスイッチを入れると、新しい病院までの地図がうつしだされた。

明日、患者を運ぶドクターカーや救急車には、GPS（位置がわかる装置）がのせられていて、このモニター画面の地図の上に、いまいる位置が表示されるようになっている。

壁ぎわには、ホワイトボードがおかれ、そこには大きな白い紙がはられている。

どの病室にいるどの患者が、何時何分に病室を出て、エレベータにのり、病院を出発して、チェックポイントを通過し、新しい病院についたのか。無線などで連絡が入れば、すぐに書きこめるようになっていた。

一台の車両は、三回から四回、往復する。

ひとりめのこどもを新しい病院まで運んだあと、もどってくるタイミングをみはからって、次のこどもを病室から出す準備にとりかかってもらうのだ。

病室から一階におりてくるまで、準備に二十分かかる。

むだな時間を作らない作戦だった。

本部の部屋のすみには、無線機がずらりとならんでいた。

司令係の医師が使うもの。日本通運が使うもの。そして、すべての車両の助手席にのる日本通運の担当者が使うものなど。

無線連絡は、この移送を成功させるためのたいせつな連絡道具だ。

無線機にはガムテープがはられ、だれがどれを使えばいいのかわかるよう番号がふってある。

齋藤は、一番から順番にきれいにならんでいるのを見てうなずいた。

準備、よし。

「あれ？」

斎藤はそのとき、ふと、なにかを感じた。どこか、おかしい？

もういちど、ならんでいる無線機を見る。

「あっ！」

ぜんぶの無線機がおかれている充電器の、電源コードが抜けていた。

これでは明日、無線が使えないではないか！

斎藤は、あわてて電源プラグをさしこむ。

無線機に、充電中を示す赤いランプがともる。

「あぶない。」

斎藤は、ほっと胸をなでおろした。

本部の部屋を出て、正面玄関にまわる。

明日、救急車と民間救急車にのるこどもたちは、ここから新しい病院に送りだされていく。

赤ちゃんたちがのるドクターカーは、救急用の出入り口からだ。

出入り口をわければ、車両も患者も、スムーズに出入りができる。

正面玄関には、白いビニールシートでトンネルができあがっていた。

リハーサルのときに、『くさい。』『テントがせまい。』といわれたけれど、こうやってビニールシートで壁と天井を作れば、大人が通っても頭がつかえない。

なかは、延長コードを使って、電気ストーブであたためることにしてある。

外に出る。空を見あげる。

雲がかかっているのか、星は見えなかった。

明日は、いい天気になりますように。


一方、新しい病院にいる川口は、夜になって作業員の仕事がいち段落すると、病院のなかを歩きはじめた。

明日は、こどもたちが運ばれてくる。

救急車と民間救急車は、救急用の入り口から。ドクターカーは、西側にある玄関から入るようになっていた。

運ばれてきたこどもたちを、迷わずに病棟に運べるよう、壁には病棟までの矢印案内をはってある。川口はそれを見ながら、救急用の入り口から病室までの道順を、たしかめるように歩きはじめた。

廊下を歩き、エレベータホールにくる。

車両が到着する時刻は、少しずつずれるように計画してあるけれど、エレベータは二基以上あるので、もしもおなじタイミングでついてもだいじょうぶだ。

エレベータにのって、病棟まで上がっていく。

九階、オーケー。十階も、だいじょうぶ。

一階ずつエレベータからおりて、たしかめていく。

十一階も、問題なし。そして十二階は……えっ、十二階？

エレベータをおりた先の廊下に、なぜかロッカーがどーんとおかれていた。

「おいおい！　なんでこんなところにロッカーがあるんだよ！　こどもたちが、病棟に入れないじゃないか！」

どこかに、どけなければ。

あわてて、手に持っていた図面を開く。

「あいているところ、ここからいちばん近くて、あいている部屋は……。」

あった。右に曲がったこの部屋なら、ロッカーを明日一日、おいておいてもだいじょうぶだ。

「応援要請！　大至急十二階へ！」

無線を使って連絡をすると、まだ作業をするために残っている人たちがかけつけた。

ロッカーをあいている部屋におしこめる。

「ふーっ。」

よかった、今夜のうちに見つけられて。

ほっとした川口は、窓のそばにいく。

十二階の窓の外には、街のあかりがきらきらと遠くまで広がっていた。

11 こどもたちを運ぶ

朝、三時。

朝というより、まだ夜中だ。外は、冷たい霧雨がふっている。

川口と齋藤は、泊まっていた病院近くのホテルのロビーにいた。

三時は、日本通運の引っ越し部隊の集合時間だ。ふたりのほかにも、何人もの日本通運の社員がこのホテルに泊まり、ロビーに集まっていた。

川口も齋藤も、あまり眠れなかった。ホテルにもどってからも本番のことを考えたりしているうちに、いつのまにか起きる時間になっていた。

「よし、いくか。」

「がんばろう。」

そう言葉をかわし、齋藤はいまの病院へ、川口は新しい病院へと向かう。

おなじく午前三時。医師チームのリーダーの星野と、看護師チームのリーダーの松井も病院についた。

本部になる会議室にいき、今日の手順をあらためて確認する。

六時になると、夜のあいだずっと、こどもたちを見まもっていた医師と看護師が、患者の体調をひとりずつ確認しはじめた。

星野と松井も、いっしょにまわって全員のようすをたしかめていく。

病室では、ひとりの患者の容体が悪くなっていた。

「運んで、だいじょうぶかな……。」

動かしたり、救急車のなかでゆらしたらもっと悪くなるかもしれない。

医師が集まってこどものようすを確認している。

「一日二日、待ってよくなるなら待つけれど……。」

医師たちが、どうするべきか考えている。

報告をうけた、副院長がかけつけた。

待ってよくなるなら、ひとりだけあとで運べばいい。けれどもし、いまよりもっと悪くなったら、さらに動かせなくなる。

すでに、医療機械のほとんどは、新しい病院に運んでいる。

ここにいても、対応はできなくなるばかりだろう。

副院長が、顔をあげた。

「わたしが責任をとる。運ぼう。」

医師と看護師が、うなずいた。

「この子、何番目に運ぶんだっけ？」

医師がたずねる。

「二番目です。民間救急車でつれていく予定です。」

自分が担当するこどもの予定を、看護師がさっとこたえる。

「救急車にしてもらったほうがいいな。あと、もう少しおそい順番にしてもらえるよう、すぐに本部に連絡して。」

「はい！」


朝、六時半。

十二月の日の出はおそい。雨はやんだものの、空は雲におおわれていて外はまだまっくらだ。

本部の会議室には、医師や看護師、事務職員が集合していた。

いよいよ、はじまる。

病院長が、マイクをにぎった。

「自分のやることをしっかりやれば、確実に安全に運べるはずです。」

集合した全員が、うなずく。

そこには、命をあずかる人たちの決意と覚悟がにじんでいた。

短いミーティングが終わると、車両にのる医師と看護師のペアに、〝なんでも係〟の日本通運の担当者が紹介される。

今日、はじめて顔をあわせる日本通運の担当者。

しかし、どういう思いで、なにをやるのか、川口たちからしっかりとたたきこまれている。

三人でひとつのチーム。今日は一日、このチームで一台の車両にのり、患者を担当していく。

三人は、『医師　①』『看護師　①』『スタッフ　車両班　1号車』というゼッケンをつけている。①は、1号車という意味だ。

ゼッケンは、だれが見ても、その人がなにを担当しているのかすぐにわかるよう、ほかにも『医師　担当医師』（患者を担当している医師）『看護師　送りだし担当』（いまの病院の出口を担当する看護師）『スタッフ　車両誘導班』『スタッフ　エレベータ班』『スタッフ　ME』など、全員がつけている。

MEは、メディカル・エンジニアの略。医療機械をあつかう技術をもっている人だ。今回の患者移送のために、ドクターカーに点滴をつるせるようにしたのも彼らである。

正面玄関前のひろいロータリーの左側には、埼玉県警のパトカーが十台、ずらりとならんだ。

七台の救急車と、五台の民間救急車は、左側の駐車場で準備をととのえている。

その奥には、チャイルドシートがとりつけられたマイクロバスが一台。

とくべつな医療機械が必要ないこどもは、いちどに数人、このマイクロバスで運ぶのだ。

ドクターカー三台は、正面玄関の右側にある救急用の出入り口の前につけた。ここから赤ちゃんたちを運びだす。

こどもたちを運ぶすべての車両の前後左右には、1号車から16号車までの番号を書いた紙がはられている。

さいたま市消防の救急隊員も、ゼッケンをつけた。

今日、この移送にかかわる約三百人、全員にあたえられた役割。

だれかひとりでも欠けたら、うまくいかない。

大きな歯車と小さな歯車、たくさんの歯車がすべてかみあい、まわりはじめるときを待っていた。

七時になった。

移送開始。

準備がととのった1号車のこどもが、ストレッチャーにのせられて三階の病室を出る。

いっしょに歩いている日本通運の担当者が、無線で本部に連絡する。

「病室、出ました。」

廊下をストレッチャーが進んでいく。

エレベータの前ではエレベータ係が、ドアをおさえて待っている。

ドアがとじたと同時に、

「エレベータ通過。」

本部に連絡を入れる。

ストレッチャーが一階の正面玄関までくると、そこには、『送りだし担当』のゼッケンをつけた看護師たちが待っている。

「がんばろうね。」

「だいじょうぶだよ。」

明るい声で、こどもたちに声をかけ、車両にのせる手伝いをする。

「ドア、しめます！」

「1号車、出ます！」

サイレンを鳴らし、赤色灯をつけた救急車が、ゆっくりと道路を左に曲がりながら出ていった。

「病院、出発。」

救急車の助手席に座った日本通運の〝なんでも係〟の担当者が、携帯電話で伝える。移動しはじめると無線は届かない。ここからの連絡は携帯電話だ。

サイレンの音をひびかせ、赤色灯の赤い光をはなちながら救急車が進んでいく。

年末の道はクルマが少ない。救急車は、スムーズに走っていく。

さいしょの大きな交差点が見えてきた。そのそばには警察官の姿が見える。

信号は青。

次の交差点も、その次の交差点も、ちょうどいいタイミングで信号が青に変わっていく。

ほぼすべての交差点に警察官が数人ずついた。近づいてくる救急車にあわせて信号をコントロールしているのだ。

次の交差点で、ななめ右に曲がる。

ここからしばらくは、くねくねとした一車線の道を進んでいく。

道のわきにはファミリーレストランやスーパーマーケットなどがたくさんあり、ふだんは交通量が多い道だけれど、いまはクルマの数も少なくて救急車がすいすい進んでいける。

大きな交差点についた。青信号を左に曲がると、二車線になり道幅もひろくなる。

ここからは、速度も少し上がる。

救急車のサイレンの音がなりひびく。まわりを走っているクルマが、とまって道をゆずってくれる。

救急車が、走りつづける。

病院を出てから十五分ほどたったころ、橋にさしかかった。右を見ると、川のむこうにさいたま新都心のビル群があった。

橋をわたりおえたところが、首都高速道路の入り口だ。

「首都高入り口、通過。」

右に曲がって首都高速道路に入ると同時に、日本通運の〝なんでも係〟が、ふたたび携帯電話で連絡をする。

坂を上がるように進んで、首都高速道路の本線に入ると、先ほど川のむこうに見えていたたくさんのビルが目の前に大きく現れた。

あの左のほうに、新しい埼玉県立小児医療センターがあるはずだ。

救急車は、サイレンの音をひびかせながら速度を上げて首都高速道路を走る。

ビル群がどんどん近づいてくる。

空にかかっていた雲はなくなり、太陽の光にてらされてビルがかがやいてみえる。

ひとつめの出口、〝新都心〟で、救急車は首都高速道路をおりた。

JRの線路の下をくぐり、ビルのふもとを走り、左に曲がる。すると、〝救急搬送口〟。

真っ赤な、真新しい看板が見えた。

看板のそばには、今日のために手配された警備員が、『こちらです。』と手を大きく動かして誘導している。左に曲がり、地下道のようなところを進むと、すぐに救急用の入り口があった。

『看護師　入り口担当』のゼッケンをつけた看護師たちが、外に出て救急車を待っている。

救急車はその前でとまる。

救急車の後ろの扉があけられ、こどもがストレッチャーごとおろされる。

寒くないように、からだの上には毛布がかけられている。

「よく、がんばったね！」

「えらかったね！」

看護師が、明るい声でむかえる。

こどもはそのまま、病室へと運ばれていった。

「病室、到着。」

見とどけた日本通運の〝なんでも係〟が、無線で連絡を送った。

本部に、その連絡が入る。その場にいる医師や看護師たちが、ほんの少し笑顔になる。

ホワイトボードの前にいる看護師が、到着時刻を書きこんだ。

道はすいているようだ。

病院を出発してから、二十分ちょっとで到着している。

でもまだ、はじまったばかりだ。

このあとは、道を走るクルマの数も多くなる。もっと時間がかかるはずだ。

あと三十四人。


一台目の救急車につづいて、民間救急車も出発していった。

前と後ろにはパトカーがつき、まもられるように走っていく。

赤色灯がまわされたパトカーの、ものものしい雰囲気に、まわりのクルマが道をゆずる。通行人たちが、パトカーにはさまれた民間救急車を見つめている。

病院の本部に連絡が入ってくるたびに、壁にはられた紙に、時刻が書きこまれていく。

モニター画面には、車両のいる位置が地図上に示され、数秒ごとに、少しずつ場所が動いている。

今朝、状態が悪くなった子の順番になった。

「がんばって。」

マスクをしている看護師が、マスクの上からでもこどもにわかるように、思いきり笑顔を作って声をかける。

こどもは、つらそうな顔をしている。いや、それより、不安なのかもしれない。

今日は、いつもそばにいてくれる母親がいない。どの患者の家族にも、こないでもらっているのだ。

しかも、いっしょにいる医師は、いつもの医師とはちがう。

どれだけ不安なことだろう。

「だいじょうぶだよ。すぐにつくからね！」

「新しい病院にいったら、友だちが待っているからね！」

看護師たちが、応援している。

新しい病院までの、約三十分。どうか、がんばって。

「いざというときは、本気で緊急走行をしろ。」

救急車の運転手は、そういわれていた。

今日の患者移送。こどもたちの容体は安定していて、信号も警察がコントロールしてくれている。いつもの緊急走行よりも、少しだけ安全に走らせているけれど、もっとこどもの容体が悪くなったら、ほんものの緊急走行だ。

もしも、信号コントロールのタイミングがずれて赤信号になっても、まわりの安全をすばやく確認して突破する。渋滞になっても、なんとか道をあけてもらうようマイクで呼びかけて、一秒でも早く新しい病院につけるようにする。

救急車が、走りはじめた。

運転手は、前方をしっかりと見ながら運転に集中している。

助手席に座る日本通運の〝なんでも係〟も、救急車が安全に走れるよう、運転手といっしょにまわりのクルマや歩行者を確認する。

二車線ある直線道路に出た。

ここからは道がまっすぐになり走りやすい。

そのタイミングで日本通運の〝なんでも係〟は、そっと後ろを見た。

こどもは、だいじょうぶなのか。自分に手伝えることはないか。

医師と看護師に、あわてたようすはなかった。とくになにかをすることもなく、こどもの顔を見つめている。

容体は、安定しているようだ。

『がんばれ。』

〝なんでも係〟は、心のなかでそっとこどもに声をかける。

あと少し。がんばれ。


赤ちゃんの移送は、ドクターカーが活躍していた。

この病院のドクターカーは、具合の悪い赤ちゃんをほかの病院までむかえにいくために作られた新生児用のとくべつな救急車だ。

クルマのなかには、とうめいな保育器のほか、赤ちゃんのための医療機械がそろっている。

今日も保育器のなかには、何本もの管がつけられた生まれたばかりの赤ちゃんがいる。

ゆれるクルマのなか、医師と看護師が、じっと見まもっていた。

新しい病院についた。

すぐに、五階にあるNICUに運ばれる。

NICUで待っていた医師と看護師たちが、ついたばかりの赤ちゃんの小さな胸に心電図などをつけかえて、聴診器をあてている。

小さな胸が、わずかに上下に動いている。けんめいに、生きようとしているのだ。

聴診器をはずし、心電図のモニターを見た医師が笑顔でいった。

「よし、オーケー！　だいじょうぶだね。」

その声がNICUにひびくと、まわりにいる医師や看護師に笑顔が広がった。

少しはなれたところで、じっとそのようすを見ていた日本通運の〝なんでも係〟の目に、涙がにじむ。

（よかった……！）

みんなでいっしょけんめい、まもろうとした命。

『こどもたちに、万が一は、ゆるされない。』

言葉でいうのはかんたんだ。

でも、ほんとうにそうするためには、すべての人が自分にまかされた仕事をしっかりとやらなければ実現しない。


さいごは、五歳の男の子だった。

たくさんのこどもを、マイクロバスでいちどに運ぼうと思って用意したけれど、のるのは男の子ひとりだけになった。

そのとき、埼玉県警の本部担当者から申し出があった。

「民間救急車の先導は、すべて終わりました。さいごのマイクロバスは予定にはなかったのですが、パトカーで先導します。」

「それは、助かります！」

いくら容体が安定しているとはいえ、外泊ができない子であることに変わりはない。

少しでも早く、新しい病院にうつれれば安心だ。

「すごいよ。パトカーがいっしょに走ってくれるんだって。」

ひとりだけ病院に残っていた男の子に、看護師が話しかける。

いつもは泣き虫の男の子だけれど、看護師たちがはげましてくれてごきげんだ。

男の子は、手をふりながらマイクロバスにのりこんだ。

パトカーに先導され出発する。

病院の敷地から車道に出て、マイクロバスが見えなくなったとたん、

「ばんざーい！」

大きな声があがった。

「ばんざーい！」

二回目は、おおぜいの人たちの声がかさなった。

やった。しっかりと全員を送りだせた。

あとは、ぶじについてくれるのを待つだけだ。

そして、十二時四十分。

さいごの患者。さいごの車両であるマイクロバスが、新しい病院に到着した。

「よくがんばったね！」

新しい病院の出むかえ担当の看護師が、男の子に声をかける。

男の子は、自分の足で、マイクロバスからおりてきた。

クルマ酔いをしていないかな？　容体に変化はないかな？

医師も看護師も心配していたけれど、おりてきた男の子がさいしょにいった言葉は。

「おなかすいたー！」

さいごの患者をぶじにむかえた安心感が、その場にいた人たちに広がっていく。

「そっか、おなかすいたね！　お昼ごはん食べよう！」

男の子が、病棟に上がっていく。

さいごの男の子が病室に到着したことを知らせる無線連絡が、本部に入る。

無線連絡をうけた担当の医師が、ほっとした表情でいった。

「無線の音がとぎれたのですが、終了という言葉だけきこえました。おつかれさまでした。」

まわりで息をのむようにその声をきいていた人たちから、大きな拍手が起こった。

患者移送、完了。

病院に、館内放送が流れた。

「先ほど、さいごの患者さんが、病室に入りました。早朝から、おつかれさまでした。」

新しい病院には、病院長の声で。そして、患者がいなくなったいままでの病院には、副院長の声で。

副院長の声がスピーカーから流れたとたん、いままでの病院の本部では、ふたたび小さく、『ばんざーい。』と、声があがった。

終わった。

どうすればこどもたちをぶじに運べるか、みんなで考えてきた。

眠る時間も少なくて、ものすごくたいへんだったけれど、でも、こどもたちがぶじならば、そんな苦労は、もうどうでもいいのだ。

患者移送終了から二時間ちょっとたった十五時。

新しい病院で、救急患者の受けいれがはじまった。

救急車が、新しい患者を運んでくる。


新しい病院にうつった日の夜。食事ができるこどもたちは、病室ではなく、とくべつにプレイルームでみんないっしょに夕食を食べようということになった。家族がまだこられないかわりに、いつも遊んでくれる保育士がきてくれて、こどもたちはうれしそうだ。こんだてを考える栄養部の人たちが、お赤飯を用意してくれる。

食べおわったこどもたちが、窓ぎわにいく。

十二階のプレイルームの窓からは、遠くにスカイツリーが見えた。

「うわあ！」

「スカイツリーが見える！」

「あ、あそこ！　電車が走っているよ！」

もう、何か月も入院しているこどもたち。

クリスマスにも家にもどれなかったこどもたちにとって、高いビルの上からの景色は、展望台にきたような気もちになるのかもしれない。

「すごい、すごい！」

笑いながら、外を見つめている。

こんな笑顔が見られるなら、引っ越しも悪いことばかりじゃないのかもしれない。


二〇一七年一月。

クリスマスと正月を、自分の家ですごしたこどもたちが、家族につれられて病院にもどってきた。

血液・腫瘍科の副看護師長、野口は、すべての患者と家族を、新しい玄関で出むかえた。

外泊する前は、不安な顔をしていた家族。

やっと病院にもどれて、安心したような笑顔が見える。

病院は、安心できる場所。

治療だけでなく、こどもが生活している場所をまもる看護師として、その期待にこれからもしっかりとこたえていきたい。

「おかえりなさい。そして、ようこそ、新しい埼玉県立小児医療センターへ。」

12 引っ越しプロジェクト、完了

こどもたちの移送が終わり、開院したあとも、年末年始のあいだには、運びきれなかった荷物を運んだり、運ばれた段ボール箱から荷物を出したりと、やらなければいけないことは、たくさんあった。

でも、なんとか荷物を運びいれ、MRIなどの検査機械も、予定どおり保健所の許可がおりた。

そして、ついにこの日をむかえた。

二〇一七年一月五日。外来診察の開始。

新埼玉県立小児医療センター、フルオープンである。

受付ロビーには、人がたくさんきている。

日本通運の川口と斎藤は、そっとそのようすを見ていた。

ほんとうは、このロビーには人がいないほうがいい。すべてのこどもたちが、元気ですごせるのがいちばんいいのだ。

でも、病院にこなくてはいけないこどもたちが、この新しい病院でがんばってくれたら。そのための手伝いが少しでもできたならうれしい。

こども病院、引っ越しプロジェクト、完了。

みなさん、ご協力、ありがとうございました。

あとがき

インターネットが発達し、通信販売がかんたんにできるようになってから、「買いかた」は、大きく変わりました。それまでは、売っている店に行かないと手に入らなかったものが、二十一世紀にはいって十数年たったいまではコンピュータの画面にカーソルをあわせ、ぽちっとクリックするだけで、とても楽に買えるようになったのです。

洋服やくつ、毎日食べるものだって店に行かなくても家にとどく。それどころか、東京に住んでいても、大阪の有名なケーキ店のケーキが買えたり、沖縄に住んでいても、北海道で人気の店のかわいい小物が買えたり。どこに住んでいても、だれもがおなじように、ほとんどのものを手に入れることができます。いまでは自動車ですら、インターネットで売りはじめていて、ちょっとびっくりしています。

インターネットで購入すると、早ければ当日、遅くとも数日以内に多くのものが手元にとどきます。でもそれは、自分が店に行くかわりに、だれかが「運んでくれている」からにほかなりません。いくらインターネットが発達して、便利になったといっても、ものが動くためには、必ず運ぶ人がいるのです。

運ぶ。

目の前にあるすべてのものは、だれかが「運んでくれた」もの。

朝、起きたときに自分のまわりにある、ふとんやまくら。そのときに着ているパジャマ。歯ブラシ、歯みがき粉、せっけんやタオル。朝ごはんで食べるすべてのもの。それを料理する道具。冷蔵庫や洗濯機。学校に行くときに着ていく服。家や学校の建物だって、たてるための材料になる木や鉄筋やコンクリートを運んできたからたてられる……書きだしていくと、きりがありません。

どうやって運んでいるんだろう？　どんな気もちで運んでいるんだろう？

疑問と好奇心がむくむくと起こり、知りたくなりました。

ほんとうは、ぜんぶ、どうやって運ばれてくるのか取材して本に書きたい。でも、それはむりなので、選ばなければいけません。割れやすい卵、水族館の魚、外国から運んでくるたいせつな美術品。大きなもの、小さなもの、こわれやすいもの、重いもの……。どれを取材させてもらって、本にすればいいんだろう。

いろいろ考えて、まずさいしょに、こども病院の引っ越しを選びました。治療を続けながら、病院にあるものをどうやって運ぶのか。入院しているこどもたちは、どうするんだろう？　そこにはぜったいに、すごいドラマがあると思ったからです。

そして二つめに、動物のなかでも、首が長くて背の高いキリン。

三つめには、私の大好きな重機（重くて大きいものを運ぶときに使う機械）がたくさん活躍する、電車の車両を選びました。


それぞれ、運ぶものはちがうけれど、三つのプロジェクトの取材をさせてもらって感じたのは、運ぶ人たちのプロとしての責任感、つまり、プライドです。

運ぶもののことを思い、手をぬかず、仲間を信じて最善をつくす。

なにかを運ぶためには、たくさんの人の力が必要です。三つのプロジェクトはどれも、技術や知恵をもった大勢の人たちが、自分のやるべきことをしっかりとやっていくことで成しとげることができたのです。

いま、あなたが読んでいるこの本も、だれかが製紙工場に紙の材料を運び、できあがった紙を印刷工場に運び、刷りあがったものを製本所に運び、完成した本を本の取次店に運び、そこから全国の書店に運び、あなたが買って家まで持ってかえってきたから、手元にあります。もしくは、通信販売で買って、宅配便の人が運んでくれたのかもしれませんね。

自分のまわりにあるものは、どこからきたんだろう？　どうやって運ばれてきたのかな？　これからは、ちょっとそんなことを考えて、運ぶ人、そして、運ばれるものを大切に思う人たちの気もちを想像してくれればうれしいです。

二〇一八年六月　岩貞るみこ

著者紹介
岩貞るみこ（いわさだるみこ）
ノンフィクション作家、モータージャーナリスト。横浜市出身。主な著書に、『もしも病院に犬がいたら―こども病院ではたらく犬、ベイリー―』『青い鳥文庫ができるまで』『命をつなげ！　ドクターヘリ―日本医科大学千葉北総病院より―』『ゾウのいない動物園―上野動物園　ジョン、トンキー、花子の物語―』『しっぽをなくしたイルカ―沖縄美ら海水族館フジの物語―』『わたし、がんばったよ。―急性骨髄性白血病をのりこえた女の子のお話。―』（すべて講談社）ほか。

カバー画・本文イラスト
たら子

取材協力
公益財団法人東京動物園協会
盛岡市動物公園
有限会社ライノ
株式会社日立物流
株式会社日立製作所
日本通運株式会社
埼玉県立小児医療センター

この作品は書き下ろしです。

キリンの運(はこ)びかた、教(おし)えます
電車(でんしゃ)と病院(びょういん)も!?

2018年6月11日　第1刷発行
2024年11月18日　第7刷発行

（定価はカバーに表示してあります。）

著者　岩貞(いわさだ)るみこ
発行者　安永尚人
発行所　株式会社　講談社
〒112-8001　東京都文京区音羽2-12-21
電話　編集　(03) 5395-3536
販売　(03) 5395-3625
業務　(03) 5395-3615

N. D. C. 916　222p　20cm

印刷所　共同印刷株式会社
製本所　大口製本印刷株式会社
装幀・本文デザイン　坂川朱音
本文データ制作　講談社デジタル製作

KODANSHA

ISBN978-4-06-511925-9